话本小说

◎◎ 主编 金开诚

◎◎ 编著 丁明秀

吉林出版集团有限责任公司

吉林文史出版社

图书在版编目（CIP）数据

话本小说／丁明秀编著．—长春：吉林出版集团
有限责任公司，2011.4（2022.1重印）
ISBN 978-7-5463-5038-7

Ⅰ.①话… Ⅱ.①丁… Ⅲ.①话本小说－小说史－中
国－通俗读物 Ⅳ.① I207.409-49

中国版本图书馆 CIP 数据核字（2011）第 053467 号

话本小说

HUABEN XIAOSHUO

主编／金开诚 编著／丁明秀
项目负责／崔博华 责任编辑／崔博华 钟 杉
责任校对／钟 杉 装帧设计／马锦天
出版发行／吉林文史出版社 吉林出版集团有限责任公司
地址／长春市人民大街4646号 邮编／130021
电话／0431-86037503 传真／0431-86037589
印刷／三河市金兆印刷装订有限公司
版次／2011 年 4 月第 1 版 2022 年 1 月第 5 次印刷
开本／650mm×960mm 1/16
印张／9 字数／30千
书号／ ISBN 978-7-5463-5038-7
定价／34.80元

前　言

文化是一种社会现象，是人类物质文明和精神文明有机融合的产物；同时又是一种历史现象，是社会的历史沉积。当今世界，随着经济全球化进程的加快，人们也越来越重视本民族的文化。我们只有加强对本民族文化的继承和创新，才能更好地弘扬民族精神，增强民族凝聚力。历史经验告诉我们，任何一个民族要想屹立于世界民族之林，必须具有自尊、自信、自强的民族意识。文化是维系一个民族生存和发展的强大动力。一个民族的存在依赖文化，文化的解体就是一个民族的消亡。

随着我国综合国力的日益强大，广大民众对重塑民族自尊心和自豪感的愿望日益迫切。作为民族大家庭中的一员，将源远流长、博大精深的中国文化继承并传播给广大群众，特别是青年一代，是我们出版人义不容辞的责任。

本套丛书是由吉林文史出版社和吉林出版集团有限责任公司组织国内知名专家学者编写的一套旨在传播中华五千年优秀传统文化，提高全民文化修养的大型知识读本。该书在深入挖掘和整理中华优秀传统文化成果的同时，结合社会发展，注入了时代精神。书中优美生动的文字、简明通俗的语言、图文并茂的形式，把中国文化中的物态文化、制度文化、行为文化、精神文化等知识要点全面展示给读者。点点滴滴的文化知识仿佛颗颗繁星，组成了灿烂辉煌的中国文化的天穹。

希望本书能为弘扬中华五千年优秀传统文化、增强各民族团结、构建社会主义和谐社会尽一份绵薄之力，也坚信我们的中华民族一定能够早日实现伟大复兴！

目录

一、话本小说概述

(一) 话本小说释名

"话"在古代有一层含义是"故事",这种释意在隋代就已经通行了,唐、宋、元、明都沿用这一意义。如《启颜录》载:"侯秀才,可以(与)玄感说一个好话。"这里的"说一个好话",即是讲一个有趣的故事。唐代元稹《元氏长庆集》卷十中,有"翰墨题名尽,光阴听话移"

之句。所谓"光阴听话移",是说听人讲故事的过程中时光已不知不觉流走了。而且此诗句下还有诗人自注:"又尝于新昌宅说'一枝花'话,自寅至巳,犹未毕词也。"所谓"说'一枝花'话",即讲"一枝花"的故事。

作为故事的"话",在宋代的书中又常被称为"小说"。施元之注苏轼《寄诸子侄》诗"他年汝曹笏满床,中夜起舞踏破瓮"时说:

世传小话:"一贫士家唯一瓮。一夕,心念:苟富贵,当以钱若干营田宅、蓄声妓。不觉欢适起舞,踏破瓮。"

这里的"小话",是指那些无关宏旨以资谈笑的故事。如今,还有一些派生出来的词,如"笑话",即引人发笑的故事;"神话",也就是关于神的故事。

"话"作故事讲,可以指一般的故

事，也可以指艺人所讲的故事。艺人讲故事被称为"说话"。"说话"连作一词用，唐代以前并没有出现，唐代用得也不普遍，而且多是分开用的，如前提到"说一个好话""说'一枝花'话"等。"说话"二字连用，与"说……话"不同，连文后，"说话"就成了一个专门术语，主要指用口头语言讲述故事而更重视讲说的伎艺，也就是后来的"说书"。

唐代郭湜《高力士外传》载：

上元元年七月，太上皇移仗西内安置。每日，上皇与高公亲看扫除庭院，芟薙草木；或讲经、论议、转变、说话，虽不近文律，终冀悦圣情。

上元元年为公元760年，"太上皇"即唐玄宗李隆基，这时已被迫退位四五年，被儿子唐肃宗李亨软禁在西宫，心情自然很不好。贴身宦官高力士每天除了陪他看看下人扫扫院子，修修草木，就是与他一起

讲经、论议或转变、说话，以便使他过得开心一些。"讲经"和"转变"都是唐代很流行的说唱文艺形式，这里以"说话"相连并与之并提，当然也是文艺形式。"说"是讲述的意思，"话"是故事，动宾搭配，连起来就是讲故事。

"说话"连用，到宋代就很普遍了，意思是艺人讲故事，后来便发展为这种伎艺的专门名词了。

说话艺人用以说话的底本叫做话本。最初，由于"说话"发展水平及书写印刷条件等限制，说话艺人是没有底本的，说话内容基本靠口耳相传。后来，"说话"发展了，品目增多、内容加长，没有底本就难以记忆，加上书写、印刷条件改善，于是便出现了"话本"。

最早出现"话

本"之名的是南宋灌圃耐得翁《都城纪胜》"瓦舍众伎"条："凡傀儡敷演烟粉灵怪故事、铁骑公案之类，其话本或如杂剧，或如崖词，大抵多虚少实，如巨灵神、朱姬大仙之类是也。"

"影戏，凡影戏乃京师人初以素纸雕镞，后用彩色装皮为之，其话本与讲史书者颇同。"其中，傀儡戏、影戏以及杂剧、崖词的底本，都可以叫做"话本"。当时"话本"一语十分流行，同时也用法含混，一些脚本、唱本有时也被称为"话本"。不过，后来由于"说话"一词的兴盛，约定俗成，"话本"就专指说话艺人讲说故事的底本了。

"话本"有时指艺人所

讲的故事，有时兼有"说话的底本"和艺人所讲的故事两种含义，更为常用的仅指说话的底本。最后一种用法，至今仍为话本研究者、小说史研究者所使用。鲁迅《中国小说史略》第十二篇《宋之话本》中说："说话之事，虽在说话人各运匠心，随时生发，而仍有底本以作凭依，是为'话本'。"

话本本来是说话艺人讲说故事的底本，往往只是略具梗概的提要，编印成书，便有了加工，成了一种通俗读物。

《都城纪胜》等书中都有"说话四家"的记载，由于各书记载不同，对于"说话四家"，学术界至今仍有不同的看法。不过，"四家"中包括小说、讲史和说经三家，意见则是一致的。"小说"一家的底本，也就是话本中的小说；"讲史"一家的底本称"平话"，如《三国志平话》

等。讲史话本篇幅较长，小说话本则篇幅较短。许多宋元短篇话本被引述、刊行或汇编成集时，往往题为"小说"。如《清平山堂话本》，原名本是《六十家小说》。

"话本"中的小说一类，虽可以单称"小说"，但"小说"的含义广泛，为避免含混，便用"话本小说"称呼它。同时，"话本"作为说话艺人说话的底本，仅仅只是提纲式的，不供他人阅读。刻印出来，也就有了加工，实际已经不再是准确意义上的"话本"了。今存讲史之类话本，还是提纲式的，朴拙简略，比较接近原始话本，而小说类话本则加工较多，称"话本小说"，正可弥补这一点。

（二）话本小说的源流

话本小说作为"说

话"艺人的底本,它的产生和"说话"伎艺的发展是密切相关的。可以说,没有艺人的"说话",就不会有"话本",当然也不会有话本小说了。

"说话"作为一种伎艺,虽说兴于唐,盛于宋,但是其发展却是源远流长的。鲁迅先生在《中国小说的历史的变迁》中说:"人在劳动时,既用歌吟以自娱,借它忘却劳苦了;则到休息时,亦必要寻一种事情以消遣闲暇。这种事情,就是彼此谈论故事,而这谈论故事,正就是小说的起源。"显然,"谈论故事"便是"说话"的起源。不过,劳动之余"谈论故事",只是用来"消遣闲暇",并非以"说话"为职业,这里的"谈论故事",也是非伎艺性的。

接近于"说话"这种伎艺的记载,

在现存古籍中最早出现的是关于瞽者的事。周初的"瞽矇"（瞎子），职掌各种乐器，这和唱诗是有密切联系的，也说与故事有关。刘向《列女传·母仪传》"周室三母"条中记载了这一点："古者妇人妊子，寝不侧，坐不边，立不跸，不食邪味，割不正不食，席不正不坐，目不视于邪色，耳不听于淫声。夜则令瞽诵诗，道正事。如此则生子形容端正，才德必过人矣。"这是叙述周室三母（太姜、太任、太姒）之一的太任在怀孕期间谨守胎教的情形，连带述及古代妇女妊娠期间的生活，其中的"瞽"不仅"诵诗"，而且"道正事"，即讲一些有关妇德的故事。这种"瞽"虽还不能肯定为职业艺人，但明显具有服务性质，而且作为丧失了劳动力的

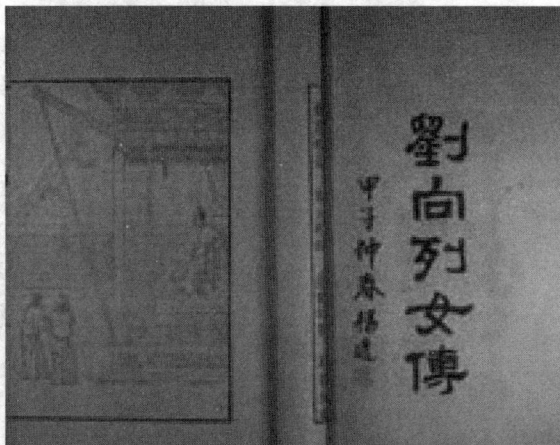

"瞽"，讲说故事很可能就是他们的重要技能之一。

战国时代的游说之士，常用讲说故事、笑话作比喻，来阐述自己的学说、观点。这虽非伎艺之事，但他们的说话技巧和效果，对后世"说话"也有一定影响。

讲说故事作为一种伎艺，一般认为可溯源于古代宫廷中的俳优侏儒。"俳"是诙谐滑稽的意思，"优"即倡优艺人，"俳优"后泛指从事歌舞杂戏的艺人。"侏儒"是身材矮小的人。秦汉之际，出现了不少关于这种人的记载，他们有一个共同的特点，即都是为帝王、贵族娱乐服务的职业化艺人。而他们之所以能与

"人主"接近，也正是因为他们能够讲故事、说笑话，更重要的是具备滑稽多辩、谈笑讽谏的特点。

如淳于髡为了向齐威王说明"礼轻难以求救兵"的道理，临时编了一个祭田祈福者只想用一只猪蹄、一盅酒来换取"五谷蕃熟，穰穰满家"大丰收的故事，来进行讽谏，显示出这些艺人临场发挥、顷刻捏合的能力。

汉代的东方朔更被称为"滑稽之雄"。善以言笑讽谏，在民间竟有了"童儿牧竖，莫不炫耀"的声望，说明这些本来是娱乐帝王贵族的"俳优"之人，也逐渐娱乐平民百姓了，这正表

明"说话"已有了发展变化。

建国以来，在四川的东汉墓中先后出土了十多件形象滑稽，形似正在击鼓说唱的陶俑，最著名的是1957年成都天回镇汉墓中出土的东汉灵帝时的"击鼓俑"，该俑矮胖身材，头上戴有头巾和簪子，上身赤裸，乳肌下垂，长裤赤足，左臂环抱小鼓，右手握一鼓槌，面部生动，张口。这些出土陶俑，突出面部表情，尤其着力于口舌部，有的舌头竟然露在外面，正与后来宋代称"说话"为"舌耕""舌辩"的考证相符，这大概是汉代俳优说故事的形象。

不过，汉代俳优们的伎艺是多方面的，既能讲故事、说笑话，也会歌舞、乐器。他们职业性地讲说故事，与后来唐宋的"说话"有前后相承关系，可以说是开了唐宋"说话"的先河。但他们终究只把说故事作为一种伎艺，并未明确分工，所以又不同于后来唐宋的"说话"艺人。因此，汉代俳优侏儒讲说故事，还只能算是"说话"伎艺的萌芽阶段。

到魏晋南北朝时期，发展到连上层统治阶级也普遍爱好讲故事说笑话了。刘勰《文心雕龙·谐隐》中有"魏文（曹丕）因俳说以著笑书"的话，刘义庆《世说新语》列有《俳调》一门，专记幽默辞令和带讽刺意味的诙谐故事，可见诙谐调谑在上层名士中已风靡一时。干宝《搜神记序》中也谈到书中许多故事是听来记下的，这也说明当时讲说故事的盛行。

最典型的例子是曹操之子、陈思王曹植爱好讲故事。《三国志·魏书》卷二十一《王粲传》裴松之注引《魏略》：

"太祖（曹操）遣淳（邯郸淳）诣植（曹植），植初得淳，甚喜，延入坐，不先与谈。时天暑热，植因呼常从取水自澡讫，傅粉，遂科头拍袒，胡舞五椎锻，跳丸，击剑，诵俳优小说数千言。"这里把讲小说故事与胡舞五椎锻、跳丸、击剑等伎艺并列，足见当时的"俳优小说"已属于"百戏"范围之内了。当然最值得注意的是曹植所诵"俳优小说"竟达"数千言"。而且，"小说"与"俳优"连在一起，还用来念诵，可见"小说"已经是一种口头表演的文艺形式。

其他著作中还有类似记载。由此可见，讲说故事在魏晋南北朝时期已发展到新的阶段，从官场到宫廷，参加者的范围相当广泛,不仅官员,连帝王曹丕、曹植等也很爱好此伎艺,还亲自表演以自娱。其取材范围也较广泛,内容丰富,技巧有所提高。既有滑稽戏谑题材,也常常讲说一些民间故事,还能就事即兴编演。

不过,这些与后代的"说话"仍有较明显的区别,主要表现在:其内容是驳杂的,篇幅一般都比较短小,有笑话、讽谏,也有即兴插科打诨,而不同于后代"说话"的纯故事性内容,更谈不上复杂的情节,突出的人物描绘;其表演场所在宫廷、官邸及筵宴上,还没有走向民间;这些说笑故事常常不是孤立演出,而是和戏剧性的表演结合在一起讲述,还没有取得艺术形式的独立性。

但是，与秦汉时仅仅讲说滑稽戏谑题材比，毕竟有了较大的发展，与后来真正的"说话"也更接近了，预示着"说话"作为一种独立艺术形式存在的时代即将到来。进入唐代，"说话"便成了一种普遍性的娱乐活动。专业"说话"兴起了，话本小说的出现才有了可能。

（三）话本小说的萌生

公元7世纪时，中国进入了大统一时期，傲视世界、繁荣强盛的唐王朝建立

了。统一强大的唐王朝建立后，塞外诸国纷纷归附，称大唐天子为"天可汗"。唐王朝吸取隋代灭亡的历史教训，注意休养生息，采取了一系列有利于生产发展的措施。当时，政治开明、气氛宽松、中外沟通，社会政治经济发展很快，出现了历史上著名的"贞观之治"，又发展到"开元盛世"，中国封建社会发展到繁荣的顶点。随着生产水平的不断提高，对外贸易范围日趋扩大，城市经济繁荣，工商业便获得了发展的机会。中唐时期，随着两税法的推行，纳税按钱计算，官与商操纵物价，剥削民众，聚敛了大量财物，工商业更是空前的兴盛，城市经济发展更快。京城长安这个政治文化中心，也成了全国最大的商业中心。许多贵族官吏也兼营商业，甚至皇族成员也经商，如唐高宗的女儿太平公主

就热衷于经商获利。洛阳、扬州、成都、广州等，成了繁荣的商业城市。安史之乱前，唐统治者靠关中、河东、江淮以及全国各地的赋税、粮食维持政府经费；但经历安史之乱后，州县多为藩镇所据，朝廷府库耗尽，造成了严重经济危机。统治者在大动乱后，不得不在经济上依靠相对安定而富庶的南方，求援于粮盐转运，运江淮粮谷以入长安，开通盐利以裕财政，这就给商人开拓了活动的领地，刺激了商业的发展，城市人口增多，城市更加繁荣，这对作为市民文艺的"说话"的发展创造了有利条件。

但是，唐代实行坊市制、宵禁制，居民区"坊"和商业区"市"分开，市场设在都市中指定的场所，如长安的东市和西市。市场要根据政府法令严格管理，坊门启闭和开市罢市都有一定时限，以击鼓为号，黄昏后坊门锁闭，禁人夜行，不许夜间营业。这就大大限制了市民的活动，尤其是夜间的商业和娱乐活动。因此，唐代的"说话"主要在寺庙中进行。

前文引用的郭湜《高力士外传》中，

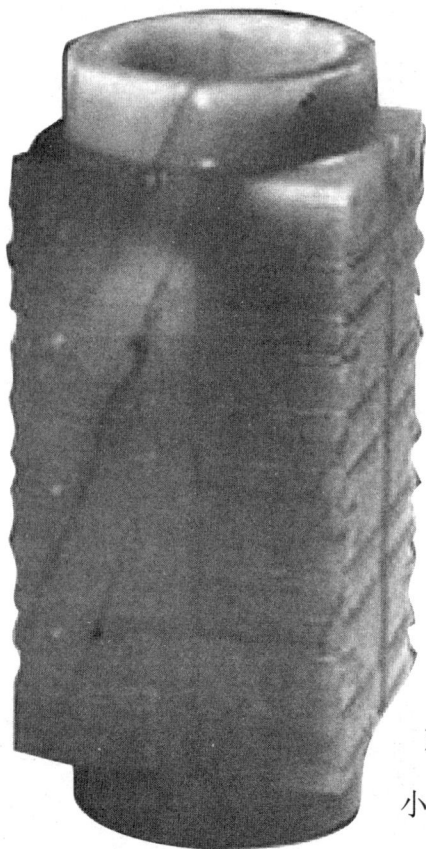

说到唐玄宗李隆基晚年被儿子软禁冷宫，非常苦闷，高力士为给他解闷，则安排人来"或讲经、论议、转变、说话"。这既反映出唐代宫廷"说话"情况，从民间艺人被召去为"太上皇""说话"解闷，也反映出民间"说话"的兴盛状况。

与魏晋南北朝时"说话"只属于"百戏"中"俳优"里的一个小目不同，唐代"说话"已是百戏中独立的科目了，而且有了"市人小说"和"说话"的明确界限，已走上专门化伎艺的发展道路。而且，唐代"说话"的内容，已由六朝的笑话讽谏、即兴插科打诨的短小格局，发展为以民间故事、历史故事甚至现实故事为主要题材了，篇幅加长、内容更加丰富。同时，"说话"已走出宫廷贵宅，普及到一般市民聚集的"斋会""市场"，成为一种适合市民口味的群众性伎艺。

唐代"说话"在寺院庙宇中颇为盛行。寺庙"说话"的形式和内容，主要有两类：俗讲和僧讲。所谓"僧讲"，即对僧人讲说，对象为出家人，以讲解经文为主；所谓"俗讲"，即对俗人讲说，对象为世俗男女，虽也要讲佛经故事，但并不限于佛经故事。对和尚讲解经文的"僧讲"，属宗教事务，不是一般的"说话"。而对世俗男女的"俗讲"，则要把宗教经义故事化、趣味化，以吸引听众，扩大影响，其口头讲故事正是"说话"。

唐代的寺庙，不仅是宗教场所，还是民众游赏的场所，连戏场也集中在寺院里。似乎一切民间伎艺都在寺院内外一带演出，这与宋代伎艺集中于瓦舍勾栏是不同的。

寺院"俗讲"要吸引听众、受人欢迎，必须适应市民群众的口味，加强故事性，而且要吸收民间"说话"，更多地讲一些趣味性强的历史故事、民间故事，甚至反映现实内容的故事。这样，"俗讲"就在同市民的接触中逐渐"离经叛道"，超越了宗教规范。寺院"俗讲"慢慢演化为一种世俗的"说话"伎艺，逐渐与民间说话合流。

唐代民间"说话"与寺院"俗讲"的兴盛，表明"说话"作为一种伎艺已日趋成熟了。而"说话"的成熟和盛行，又为话本小说的出现创造了条件。

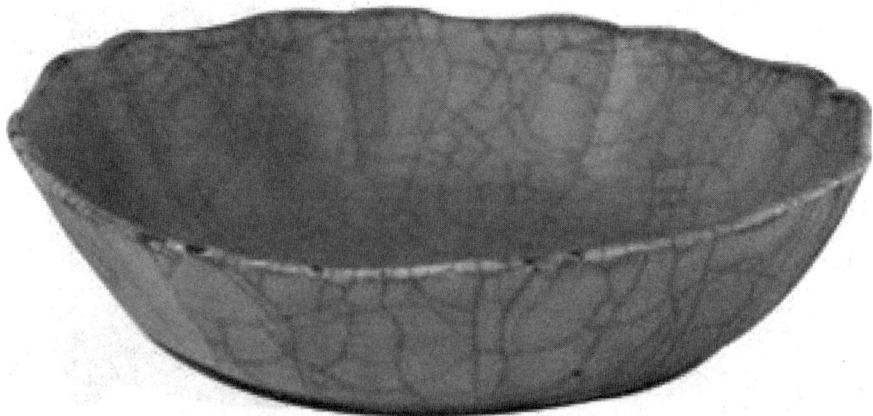

二、宋代话本小说

（一）宋代"说话"的兴盛

1. 兴盛的条件

唐代已经开始专门化的"说话"伎艺，到宋代空前兴盛起来，这种发展变化是有一定的社会经济原因的。

公元960年，宋太祖赵匡胤从后周夺取政权，逐步结束了五代十国军阀割据的局面，建立了统一的中央集权的封建国家，中国封建社会从此进入后期。

唐末规模巨大的农民战争，沉重地打击了地主阶级，消灭了士族门阀制度的残余，使中唐以来的封建生产关系完成了由授田制向庄园制的过渡。宋代地主、官僚主要以购置的方式兼并土地，而不再享有按等级占田的特权；对农民的剥削方式以出租田地、榨取实物地租为主，而不再以劳役地租为主。佃农对地主阶级的人身依附关系有所减弱，较自由的租佃关系成为普遍形式。同时，农民还可以自由购买土地，成为自耕农，劳动果实能较多地属于自己，这就提高了农民的生产积极性。加之这一时期重视农田水利建

设和农业科技知识，并使用犁耙、锄锹、镰刀、水车、辘轴等先进农具，使农业生产很快得到发展。也促进了手工业和商业发展到更高水平，城市迅速繁荣起来。而且北宋长期少战事，也极有利于经济的发展、城市的繁荣。北宋京城汴梁（开封），到北宋末年，人口急剧增长，而且商业非常繁荣。南宋都城临安（杭州）更是繁荣，从北宋初到南宋，户口数量翻了近十倍，人口超过百万，是当时世界上的特大城市。城内店铺林立，茶馆酒店遍布，有经营不同项目的商业区，买卖昼夜不绝，夜交三四鼓，游人才开始稀少，而五鼓钟鸣，早市的人又开店了。以至杭州有"乐园"之称，西湖有"销金锅儿"之谚。民间更流传着"上有天堂，下有苏杭"的俗语。

随着商业的发展，经济活动的加强，到宋代，坊市制和传统的宵禁制度完全

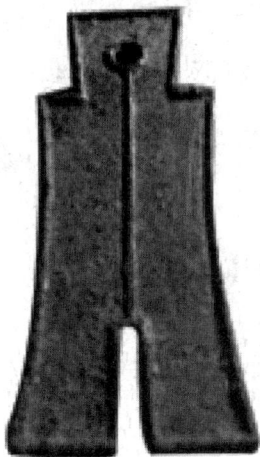

被打破。从北宋中叶以后，就再也听不到街鼓声了。坊制的破坏，使市民可以随意开门经营商业；市制的崩溃，使市民可以自由进行夜市。商业店铺营业时间依商业的繁华情况而定，一般商店天明后开始营业，天黑息业，而饮食店、酒楼、茶馆的营业时间大都在早晨五更到半夜三更，有的甚至通宵达旦。坊市制的取消，大大促进了城市的繁荣和工商业的发展。市场面貌大为改观，商店临街，到处是商贩和手工艺人。交易时间也没有了限制，形成繁荣的夜市。除都城外，许多城市如长安、扬州、镇江、徽州、成都、广州、泉州等也都十分繁荣。唐代十万户以上的州府城才十多个，到宋徽宗时已发展到五十多个。

城市的繁荣、工商业的兴盛，使市民阶层空前壮大，成为一股可观的社会力量。市民们集中在城市里，不仅需要物质生活，也需要文化生活，而且随着物质生活水平的提高，文化娱乐生活的需求也日益增长。除了一般市民外，由于宋代推行禁军制度，兵士集中于京城及大都市。据统计，宋仁宗时代，竟有禁军1259000人之多，半数以上散居在京师汴梁附近。这些士兵加入到市民阶层中，除操练武艺外，也需要娱乐。北宋"承平日久，国家无事"，于是大量聚集在都市中的人便在闲暇中寻求享受娱乐，古老的农业大国形成了都市的繁华。北宋画家张择端的杰作《清明上河图》生动展现了东京汴梁的繁荣面貌。繁华富庶，催化了市民们对文化娱乐的要求。占城市人口大多数的下层市民，是一个文化素质比贵族文人低，但阅

历见识又比乡村农民高的社会阶层。他们的生活环境，不是皇宫贵胄的官场，不是高雅的书斋，也不是宁静的山村，葱绿的原野，而是熙熙攘攘、闹闹哄哄、巧营精算、风波丛生的都会商市。在这种生活环境中形成的审美趣味可能不高，甚至俗不可耐。他们并不追求典雅的文化诗意、品赏韵味，又不甘冷清孤独、寂寞无聊。他们所倾心的是有生动情节、生活内容的故事，是色调浓烈能满足感官享受、引发笑声的伎艺歌舞。这样，人们所津津乐道的诗词文赋等雅文学，就不能适应市民大众的口味，无法满足他们的要求，于是既适应市民口味又反映市民生活的民间伎艺的兴盛便成为必然。

可以说，广大市民群众的需要和爱好，为"说话"伎艺的兴盛提供了

条件。

同时，宋代统治者也爱好听"说话"，为其发展推波助澜。北宋后期的仁宗赵祯、徽宗赵佶，南宋的高宗赵构都很喜欢听"说话"。当时朝廷还特设专局采访各种伎艺。"说话"艺人中著名者往往被皇帝召到内廷去献艺，即所谓"御前供话"。大都市的游艺场——瓦舍中，常有许多伎艺高超的"说话"人演出。

在这样的条件下，宋代"说话"得到了空前的发展，其规模、普及程度及艺术水平，都远远超过了唐代，为历史之最。

2. 宋代"说话"的特点

与唐代相比，宋代"说话"有其新的特点：

（1）有了固定的演出场所——瓦舍勾栏

宋代禁止僧侣在大庭广众之中讲故事，所以唐代寺庙盛行的"俗

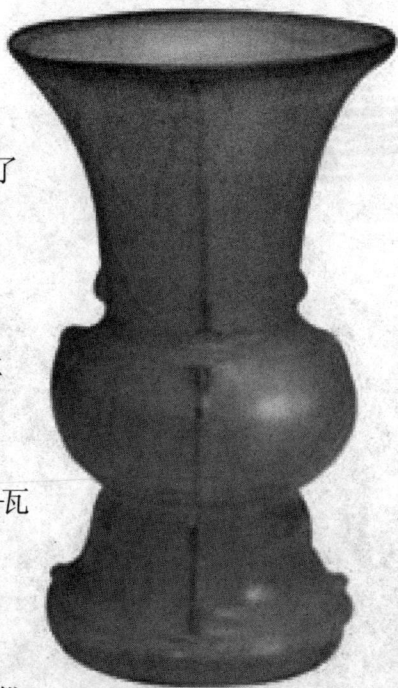

讲"，受到严重挫伤，但民间仍如唐代一样流行"说话"。北宋早期，民间"说话"只是在市井街边旁进行。

后来，由于"说话"等民间伎艺的大兴盛，市井路旁、茶肆酒楼虽仍有人表演，更出现了固定的大型演出场所——瓦舍。"瓦舍"是宋人市语，也称"瓦""瓦子""瓦市"或"瓦肆"，是都市中游艺场所的总称。"瓦舍"的中心是被称为"勾栏"的演艺场。瓦舍的范围大小不等，

其中往往有若干个"勾栏",分别
上演杂剧、傀儡戏、诸宫调和
"说话"等。"勾栏"原是栏
杆的意思,用栏杆围成一座
演艺场所,后来就习称"勾
栏",也称"勾肆"。"勾栏"
内有"棚",也称"邀棚"或"乐
棚",张开巨幕用来遮避烈日风雨,
也可遮外人眼目。一切伎艺多在"棚"
内表演,游人出钱进去欣赏。

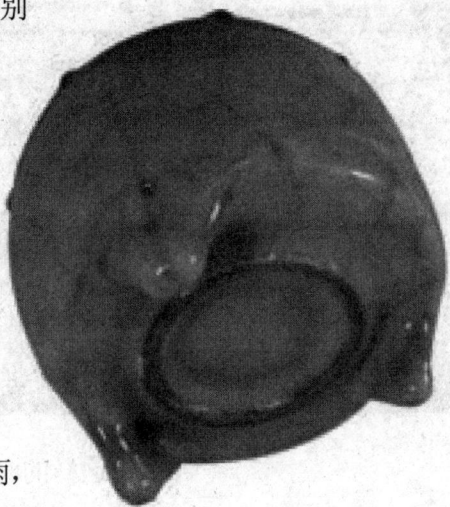

北宋时,京城汴梁的瓦舍勾栏就更
多了。到南宋就更为盛行、更为普遍了。
瓦舍第一次把大量民间伎艺和市民群众
稳定地聚集在一起,提供了满足广大市
民精神渴求和审美需要的固定场所。瓦
舍的出现,是市民文艺兴起的标志。在封
建文化高度发展的宋代,文、诗、词、画,
把贵族文人高雅的审美趣味发挥到了极
致。宋代理学则阐扬"内圣"之学,言必
称"天理""心性",融合佛道,把传统儒

学发展到具有精致哲学思辨形态的新阶段，重建礼治秩序以强化对人情人欲的扼制，成为封建社会后期的统治思想。在这样的时代文化氛围中，却出现了一个个情调格格不入的瓦舍勾栏。这里嘈杂喧闹、粗鄙浊野、充满市井低俗情趣，以至被认为是"放荡不羁之所"。但正是在这里，这些被上流社会轻视压抑的市井小民，这些从来被认为上不了台盘的小商小贩、"愚夫冶妇"、仆役走卒，却俨然成了这片天地的主人，笑逐颜开地欢聚一堂，随心所欲，纵情享乐。这里的娱乐活动、伎艺表演以他们的兴趣爱好为转移，而市民们高涨的热情，也促进了民间伎艺的兴盛。瓦舍在农业文明的古老中国催生出市民文化，"说话" 伎艺在这种文化氛围中得到蓬勃发展。而且，与唐代"说话"盛行于寺院，多在参加宗教集会（如斋会）时进行不同，瓦舍勾栏中的"说话"等伎艺完全是娱乐性的。

当然，宋代"说话"还不仅仅限于瓦舍勾栏，有的还在茶肆酒楼、城镇市集、宫廷寺庙、私人府第、乡村田舍等处作场，可见"说话"伎艺在宋代的繁盛和普遍。

（2）有很多专业化的"说话"人

"说话"发展到唐代，在百戏中独立专门化了，而发展到宋代，在极度的繁盛中涌现出了许多专业化的"说话"艺人。胡士莹先生《话本小说概论》中有"两宋说话人姓名表"，将《都城纪胜》《西湖老人繁胜录》《梦粱录》《武林旧事》等书中出现的"说话"人作了一次统计，共129人，除

去重复的情况，仍有110人。这是见于文献的，不见于文献的无法统计。这些"说话"人一般出身于小商小贩、城市贫民，也有落魄的知识分子，而且多是男性，少有女说话艺人。可以说，"说话"是男性的天下，而从事其他说唱、戏曲表演的则多是女艺人。

（3）成立了"说话"人的行会组织——雄辩社

宋代工商业繁荣，手工业工人和商人分工细致，出现了行会组织。各种伎艺人员，为应付官府差役和保护同行利益，也成立了行会组织。"说话者谓之'舌辩'"，所以其行会称"雄辩社"。雄辩社是"说话"艺人磨砺唇舌、训练伎艺的组织，纯粹是一种职业性的团体。说话人经常在这里交流经验、切磋伎艺、取长补短，提高"说话"的技巧。其中名位高、年辈长、伎艺精湛、有学问的职业艺人称作"老郎"。"京师老郎"就是南宋临安说话人对汴京前辈艺人的称呼。

（4）有了编写话本的团体——书会

"话本"是说话艺人用来"说话"的底本。除了继承以前流传下来的话本表演外，由于"说话"的兴盛，对"话本"的需求量大为增加，于是要编新的，这样就出现了专门为说话人编写话本的文人。这些文人拥有自己的行会组织——书会。当时较大的城市都有书会组织，如永嘉书会、九山书会、古杭书会、武林书会、玉京书会等。书会成员一般称作"书会先

生",也叫"才人",少数名重才高者则被称作"名公"。"才人"多是从士大夫阶层分化出来的文人,有较高的文化修养和艺术水平,有较娴熟的文字表达功力和较丰富的社会历史知识,他们沦落为书会先生,熟悉市民生活,谙熟人情世故,与艺人合作,既为他们编写新的话本,又依据他们的讲唱,把流传的话本加以整理提高。书会先生以此谋生,本身已转化为市民阶层之一,成了市民阶层的代言人。

(5)"说话"人的水平大大提高

"说话"的兴盛和受到广泛欢迎,对"说话"人的要求也高了,为了竞争,他们的业务知识水平大大提高。"说话"艺人必须广泛学习、积累知识、提高水平,能从现实生活中经常发掘题材。正因为宋代"说话"艺人已是专业化的,经过了广泛学习,又在雄辩社中得到提高,所以"说话"艺术达到了很高水平。具有讲说流畅、随意据事演说的本领,产生了强烈的艺术感染力。

(6)"说话"分了门类

宋代说话门类,即所谓"家""家数"的形成,是"说话"伎艺高度发展的标志。分工的细致、说话艺术的风格化,是市民欣赏水平提高以及同行竞争的结果。关于宋代"说话"门类,历来说法不一,至今认识仍不同。

北宋汴京瓦子中的说话门类,成书于建炎十七年(1147年)孟元老的《东京梦华录》卷五"京瓦伎艺"条,提到的有:讲史、小说、说浑话、说三分、五代史

五个门类。但"说三分"与"五代史"都应属"讲史",只是因为这两类"讲史"特别发达,所以独立出来。从门类看,只能算三个。

到南宋,说话分为"四家"。最早谈到说话"四家"的是成书于端平二年(1235年)灌圃耐得翁的《都城纪胜》"瓦舍众伎"条:

说话有四家:一者小说,谓之银字儿,如烟粉、灵怪、传奇。说公案,皆是搏刀赶棒,及发迹变泰之事。说铁骑儿,谓士马金鼓之事。说经,谓演说佛书。说参请,谓宾主参禅悟道等事。讲史书,讲说前代书史文传、兴废争战之事。最畏小说人,盖小说者能以一朝一代故事,顷刻间提破。合生,与起令、随令相似,各占一事。商谜,旧用鼓板吹[贺圣朝],聚人猜诗谜、字谜、戾谜、社谜，本是隐语。

只是，这段话虽明确说明"说话有四家"，而且开头是"一者"，但后面并无"二者""三者""四者"。而提到好几个名目，使人分不清是哪"四家"，致使后来研究者们众说纷纭，莫衷一是。胡士莹先生《话本小说概论》中引了许多研究者的不同观点，并列表排比，而取王古鲁先生四家说：银字儿（烟粉、灵怪、传奇、说公案），说铁骑儿（士马金鼓之事），说经（演说佛书）、说参请（宾主参禅悟道等事），讲史书（讲说前代书史文传、兴废争

战之事）。但不同意王先生"把银字儿和铁骑儿合起来称为小说"，而是主张小说（即银字儿）与说铁骑儿并称为两家，从而修正为：小说（即银字儿）、说铁骑儿、说经、讲史书四家。

历来研究者意见虽有分歧，但对"四家"中包含小说、讲史、说经三家则是认识一致的，只是对另一家分歧较大。

在文献上所提到的说话四家中，影响最大、最受欢迎的是"小说"一家。因为"小说"既短小精悍，便于想象虚构，又有现实针对性，富有生活气息。确实，与"讲史"崇拜帝王将相、英雄豪杰不同，也与"说经"的幻想天国乐土中奇异怪诞的神佛故事不同，宋代小说主要是面对当时现实生活，反映市井小民的日常生活，与市

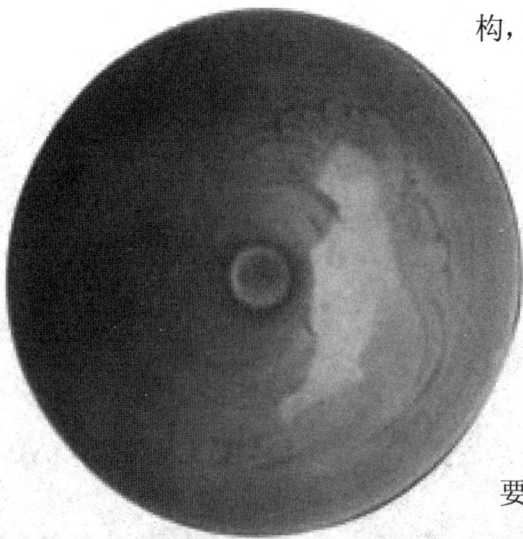

民的喜怒爱憎息息相关。它在听众中引起的震动，既不是对非凡历史人物的崇敬钦羡，也不是对神佛仙怪的惊赞倾慕，而是产生感情的共鸣、心灵的沟通。这些"小说"故事以反映现实的真实贴切走进了市井小民的生活中，既是对他们生活的反映，也是对其生活的评价，当然最受广大市民欢迎，产生了远比"讲史""说经"大得多的影响。从小说发展史角度说，"讲史"影响了长篇历史演义小说，"说经"影响了长篇神魔小说，而"小说"则影响了长篇世情小说，虽然不像"讲史""说经"影响得那么直接，但反映普通人的日常生活这条最广阔的道路却被打通了，使世情小说在后世取得相当可观的成就。

宋代"说话"出现了以下新特点：固定演出场所的普及，专业说话艺人的涌现，"说话"行会的组织，编写团体的形成，"家数"的区

分……"说话"显现出空前繁荣的盛况。如此浓烈的社会氛围、必然促进了"说话"艺人用以说话的底本——话本的大量产生，以适应争相吸引听众的激烈竞争。而话本的大量产生，又反过来丰富了"说话"的内容，提高了"说话"的水平，刺激了"说话"的发展。如此互相促进，使宋代"说话"和"话本"都达到了足以令人称羡的水平，形成了话本小说发展史上第一个高峰。

（二）现存的宋代话本小说

从唐代"说话"开始专业化到宋代"说话"大兴盛，"说话"艺术发展的轨迹是非常明显的。与之相适应，作为说话艺人说话底本的话本小说也得到很大发展。据《醉翁谈录》《也是园书目》《宝文堂书目》的记载，就已有大约一百四十篇话本小说名目，仅《醉翁谈录》一书中就名列一百零八种之多。但是，这些通俗的明鉴文学作品，却因不为正统文人重视而严重散佚，以至今天看不到宋代抄写和刊刻的话本小说了。今天所能看到的，大都是明代中期以后洪楩、冯梦龙等人收集、整理保存下来的，如果没有他们的劳动，这些文献恐怕会全部湮没失传。不过，他们往往把宋元明三代的作品混于一起，未曾专门汇刊宋人话本小说，这就给今人的考定带来了一定的困难。《话本小说史》录宋代话本小说三十五种：

见于《清平山堂话本》者十种：《风月瑞仙亭》《杨温拦路虎传》《蓝桥记》《西湖三塔记》《洛阳三怪记》《合同文字记》《陈巡检梅岭失妻记》《五戒禅师私红莲记》《花灯轿莲女成佛记》。《董永遇仙传》附《梅杏争春》残篇。

见于《熊龙峰刊小说四种》者

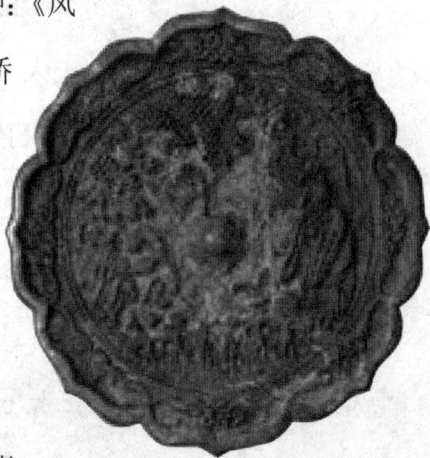

一种:《苏长公章台柳传》。

见于《喻世明言》者五种:《赵伯升茶肆遇仁宗》(卷十一)《史弘肇龙虎君臣会》(卷十五)、《杨思温燕山逢故人》(卷二十四)、《张古老种瓜娶文女》(卷三十三)、《宋四公大闹禁魂张》(卷三十六)。

见于《警世通言》者十一种:《陈可常端阳仙化》(卷七)、《崔待诏生死冤家》(卷八)、《钱舍人题诗燕子楼》(卷十)、《三现身包龙图断案》(卷十三)、《一窟鬼癞道人除怪》(卷十四)、《小夫人金钱赠少年》(卷十六)、《崔衙内白鹞招妖》(卷十九)、《计押番金鳗产祸》(卷二十)、《皂角林大王假形》(卷三十六)、《万秀娘仇报山亭儿》(卷三十七)、《福禄寿三星度世》(卷三十九)。

见于《醒世恒言》者三种:《闹樊楼

多情周胜仙》（卷十四）、《郑节使立功
神臂弓》（卷三十一）、《十五贯戏言成巧
祸》（卷三十三）。

见于其他著作者五种：《钱塘梦》
《王魁》《李亚仙》《灯花婆婆》《绿珠
坠楼记》。

烟粉、灵怪、传奇是最早、也是最明
确属于小说的三个门类。烟粉类小说大
体都是描写人鬼恋情的故事。《崔待诏生
死冤家》（即《碾玉观音》）、《小夫人金
钱赠少年》（即《志诚张主管》）、《杨思
温燕山逢故人》都属于此类。

《杨思温燕
山逢故人》讲述的
是杨思温靖康难
后，流落燕山（今
北京）。元宵节看
灯，在燕山秦楼遇
见了义兄韩思厚的
妻子郑意娘。意娘

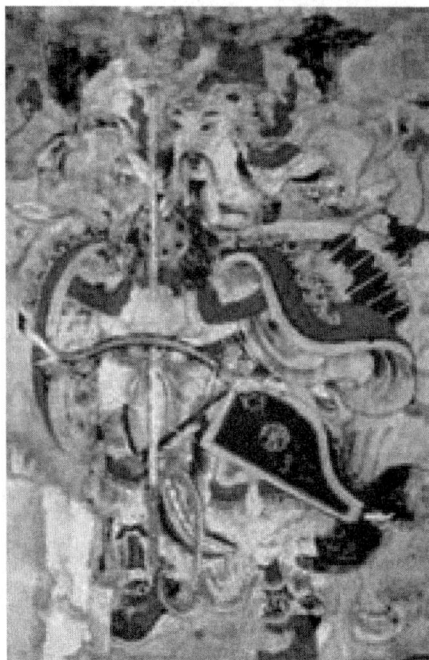

说，靖康之难时她和丈夫韩思厚南下淮楚，半路上被金兵所虏，丈夫逃走，她遭到金将撒八太尉的逼迫，自杀未遂，被撒八太尉的妻子韩国夫人收作侍婢。其实杨思温此时遇见的已是意娘的鬼魂。元宵节过后，杨思温又至秦楼，忽见壁上韩思厚悼念亡妻郑氏一词墨迹未干。杨思温找到韩思厚，才知道当年意娘不从撒八太尉所逼，已自刎而死。韩思厚把意娘的骨灰匣带回故乡金陵安葬。后来韩思厚违背自己不再续娶的誓言，被郑意娘的鬼魂拖入江中溺死。小说的主题似在表现郑意娘的节烈有情，并鞭挞了韩思厚的负心另娶。但给人更强烈的感受却是字里行间所透露出来的亡国之痛和对故国的深切思念之情。这是"靖康之变"后广大宋朝人民最普遍的民族感情。小说语言哀婉动人，很有特色。

　　灵怪类小说中既典型又引人注目的是几篇关于"三怪"的小说。它们是:《洛阳三怪记》《西湖三塔记》和《崔衙内白鹞招妖》。写得比较生动精彩的当推《一窟鬼癞道人除怪》,小说叙述秀才吴洪经王婆、陈干娘撮合,娶了李乐娘为妻,岂知李乐娘和陪嫁锦儿都是鬼魅。清明节王七三官人约吴秀才去西山驼献岭自家墓园赏花吃酒,结果在回家路上遇见了朱小四、狱家院子、酒保及李乐娘、锦儿等一伙鬼怪,最后由癞道人(甘真人)将鬼怪捉入仙家葫芦中,埋在驼献岭之下。吴秀才也从此"舍俗出家,云游天下"。小说叙事写人极其细腻生动,鲁迅先生赞其"描写委曲琐细,则虽明清演义(在此泛指明清小说)亦无以过之"。

　　《风月瑞仙亭》和《王魁》是宋代传奇类话

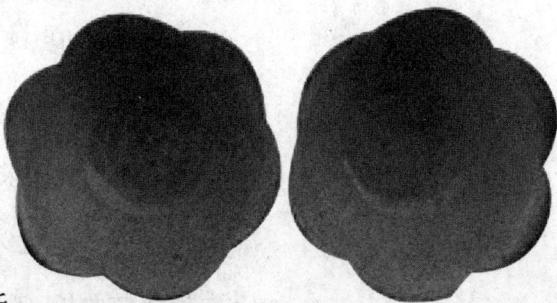

本小说，而此类小说中《闹樊楼多情周胜仙》是写得最为出色的一篇。小说记述了北宋东京曹门里贩海商人周大郎的女儿周胜仙，深深爱上了樊楼开酒店的范二郎。周大郎贩海未归，周母先为女儿定下亲事。数月后大郎归家，欲将女儿嫁与大户人家，坚决退亲。胜仙遂被活活气死。不料胜仙葬后遭遇盗墓贼朱真，更没料到胜仙因得阳气而复活，复活后又被迫作了朱真的妻子。次年上元街坊失火，胜仙趁乱逃出，赶到樊楼来会范二郎，却被范二郎误作鬼魂而打死。二郎因此坐牢，胜仙鬼魂又到狱中与二郎"了其心愿"，并求五道将军救出二郎。小说在表现青年男女追求爱情和婚姻自由的同时，也批判了不近人情的封建婚姻制度。小说情节曲折、跌宕起伏、人物个性鲜明，

语言通俗生动,达到了思想性与艺术性的
完美统一。

《三现身包龙图断案》《错斩崔宁》
《宋四公大闹禁魂张》《杨温拦路虎传》
《史弘肇龙虎君臣会》都是宋代公案类
话本小说。其中《宋四公大闹禁魂张》实
开侠义公案小说的先河。

小说讲的是东京开封府开当铺的老
板张富十分吝啬,人称"禁魂"张员。因
抢夺乞丐的活命钱激恼宋四公,当夜盗
了他价值五万贯的上等金珠,逃往郑州。
开封府滕大尹派殿直王遵去郑州捉拿宋
四公,宋四公使圈套逃到谟县,投奔徒弟
赵正。在谟县与赵正比手段,却接连两次
败在赵正手中。宋四公介绍赵正去东京
找徒弟侯兴,随后自己也赶来,
又介绍赵正结识另一徒弟王
秀。赵正伙同王秀盗了钱大
王的三万贯钱物,滕大尹差
缉捕使臣马翰捉拿贼人。赵正

使手段剪去马翰半截衫袖，又使手段给滕大尹送一束帖，还趁机偷去滕大尹腰里的金鱼带挞尾，束帖上写道"所有钱府失物，系是赵正偷了"，要捉赵正，"远则十万八千，近则只在目前"。又假借递状纸，寄给滕大尹一支《西江月》曲儿，公开嘲弄官府。滕大尹着王遵、马翰悬赏捉拿宋四公、赵正。宋四公又与赵正筹划，由侯兴、王秀出面，将钱大王家的赃物安在张富家里，又将张富家的赃物安在王遵、马翰家里，使张富、王遵、马翰三人都进了牢狱，并都死于狱中。而宋四公、赵正"这一班贼盗，公然在东京做歹事，饮美酒，宿名妓，没人奈何得他"。小说以市井平民的眼光和道德评判，以肯定的笔调描写了宋四公的打抱不平、劫富济贫，以欣赏的笔调描写了赵正、宋四公等人的嘲弄官吏、挑战官府的过

程，更以夸张的笔调描写了赵正、宋四公等人的智慧和机敏。

涉及说经的宋代话本小说，有《五戒禅师私红莲记》《花灯轿莲女成佛记》等。其中《五戒禅师私红莲记》叙述了宋英宗时杭州净寺有两个高僧，为师兄弟，一个唤作五戒，一个唤作明悟。五戒因一时冲动，奸淫了少女红莲，明悟以诗讥讽，五戒解悟，当夜坐化，托生到四川眉山苏家，取名苏轼，字子瞻。明悟也于当

夜坐化，托生在眉山谢家，长大出家做了
和尚，法名佛印。后苏轼一举成名，做了
翰林院学士，道号东坡。东坡为官清正，
文章冠世，只是不信佛法，最不喜和尚。
这时佛印赶来东京大相国寺做住持，以
诗僧身份与东坡交往，并随东坡至黄州，
回临安，二人遂成诗友。"因是佛印监着
苏子瞻，因此省悟前因，敬佛礼僧，自称
为东坡居士。"后神宗取子瞻回京，直做

到礼部尚书、端明殿大学士，且死后得为大罗天仙。佛印也在灵隐寺圆寂，得为至尊古佛。这是一个比较典型的宣扬佛教的故事，把两个本不相干的僧徒犯戒故事和佛教轮回传说强行捏合在一起，使其成为宣传佛教敬佛礼僧的思想载体。这篇小说虽然编略显荒诞，但因适应了市民阶层的欣赏趣味，产生了广泛的影响。

三、宋代话本小说的价值

（一）宋代话本是小说史上的一大变迁

在中国文学史上，宋代是一个极重要的时期，具有划时代的转折意义。在宋代，中国文学发展变化的大趋势已逐渐明显：当宋代文人的心理性格越来越倾向内省、内敛，甚至近乎封闭，越来越追求文艺的高雅精致时，世俗凡庸的市民

们却找到了反映自己社会生活的文学形式——生动热闹甚至有些粗鄙的通俗文学。正统雅文学的统治地位将要逐渐被通俗文学所取代，中国文学中以抒情为主的传统将要演变为以叙事为主，中国文学注重韵味的高雅美学风貌，也将转变为对通俗趣味的追求了。究其实质，这种转变从根本上说是世俗化、人文化的转变，是文化从面向上层到面向下层的转变。这种转变是以通俗戏曲、小说的出现为标志的。我们从宋人话本小说中，可以具体清晰地看到中国文学发展变化的总趋势。

从中国小说发展史的角度论，古代小说到魏晋南北朝初显雏形，唐传奇的出现，标志着古代小说的真正成熟，形成了中国小说史上的第一个高峰。到了宋代，话本小说揭开了中国小说史的新篇章，标志着小说史发展到一个新的历史阶段，鲁迅先生高度赞扬其为"实在是小说史上的一大变迁"。

　　话本小说是市民文学，创作主体是"说话"艺人，即使是文人，也是沦落下层的书会才人。他们生活在市井小民中间，衣食住行都不离市民的世俗生活，因此，话本小说不再着意描写才子佳人的风流韵事或叱咤风云的英雄人物，而主要是反映下层市民的社会生活。其描写的主角，也主要是下层小人物，有中小商人、手工业者、店员、工匠、江湖流浪汉以及社会地位低微的劳动妇女。如《碾玉观音》中的婢女璩秀秀和工匠崔宁，《闹樊楼多情周胜仙》中开酒店的范二郎

和商人的女儿周胜仙,《小夫人金钱赠少年》中的商店伙计张胜等。即使有时也会涉及到上层社会人物,但叙述故事、评价事物,依然是从市民的视角出发。

话本小说中主角的改变是一个具有历史意义的变化。六朝志怪,主要记述超自然的神异鬼怪。唐传奇的主角也是上层人物,即使出现下层人物,也只是陪衬,只有到宋人话本小说,下层小人物才堂而皇之地登上了文艺舞台,破天荒地第一次成了文学描写的主角,成为被肯定的对象,所以鲁迅先生称话本小说"平民的小说"。作为叙事文学的小说,是通过塑造人物形象,描写他们的活动来表现特定社会生活、社会思潮、道德观念等,因此,什么人登上文学舞台成为主角,往往反映出一定社会力量的成长和壮大。下层小人物登上文学舞台，就反映出随着时代的前进，城市经济的繁荣，封建社会的阶级关系开始发生新变化，也反映出作家文学视野的开阔和认识社会生活、表现现实生活能力的加强，这是中国文学从面向上层到面向下层的最具历史意义的显著转变。

宋人话本是娱人之作，是为服务市民而创作的，完全以普通市民的兴趣爱好为目的，因而自然取材于市民们感兴趣的现实生活，宣泄他们的苦乐悲欢。而且与诉诸视觉的文言传奇不同，它是诉诸听觉的，它以观众（听众）为中心，时时注意他们的兴趣和爱好，考虑他们的

审美水平。诉诸听觉的话本小说，不像诉诸视觉的文学作品那样可以头绪复杂，有较多的暗示，含蓄深沉，而是不仅要使故事有头有尾、条理清楚、脉络分明，容易理解接受，而且要以故事的丰富生动、情节的紧张曲折，配以强烈的气氛、巧妙的悬念、鲜明的人物及其活动，牢牢地吸引观众（听众），并且把环境描写、人物心理刻画与情节的发展和人物的行动密切结合起来，共同为塑造人物和表达主题服务，而很少孤立静止地描写环境和刻画心理。从而形成了中国古代小说的显著特色，富有民族风格。

在文学语言上，唐传奇是专供士大夫阅读的案头文学作品，使用的是典雅的文言。这种语言虽具有雅洁、简练的

特点，也富于表现力，但却有碍于作品的广泛流传。而宋人话本的阅读对象多是不熟悉文言的下层市民，因而使用的是活在人民大众口头的通俗易懂的语言——白话，而且通过通俗"说话"传扬到民间，所以赢得了极广泛的读者群。宋人话本所使用的白话，是在民间口语的基础上提炼成的一种新的文学语言，这种语言以白话为主，但也融合了一些文言文的成分，并且经常穿插一些古典诗词。具有生动、明快、泼辣、粗犷的特色，叙述故事，明快有力；表现人物，惟妙惟肖，大大增强了小说的表现力。例如《史弘肇龙虎君臣会》中媒婆给郭威提亲的一段：

王婆经过酒店门口，揭那青布帘，入来见了他兄弟两个道："大郎，你却吃得酒下! 有场天大的喜事来投奔你，划地坐得牢哩!"郭大郎道："你那婆子，你见我撰得些银子，你便来要讨钱，我钱却没得与你，要便请你吃碗酒。"王婆便道："老媳妇不来讨酒吃。"郭大郎道："你不来讨酒吃，要我一文钱也没有。你会事时，吃碗了去。"

寥寥几句对话，媒婆极力胁肩谄笑的巴结和市井无赖的下流狡猾便被惟妙惟肖地表现出来了。

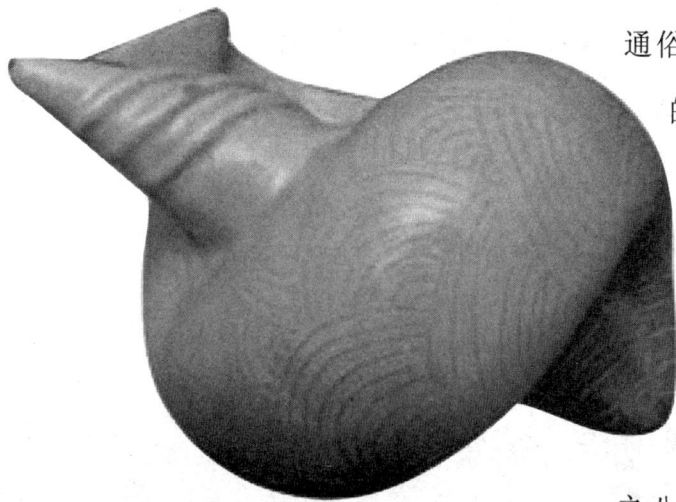

具有市民性、通俗性、群众性的宋人话本，奠定了中国小说发展的基础，"后来的小说，十之八九是本于话

本的"。从宋人话本以
后，白话小说就逐渐代
替文言小说而成为古代
小说的主流，充分显示
出白话小说强大的生
命力和广阔的发展前
途。

　　宋人话本小说取材于现实，它以新
的写实手法，表现普通人平凡的日常生
活，大大缩小了艺术形象与生活之间的距
离，朴实地表现了世间普通人的欢乐、辛
酸和悲哀。其主人公既不是英雄剑侠，
也不是绝代佳丽，但这些平凡人的平凡
故事，却以人情世态、悲欢离合的细节取
胜。在审美意向方面，则不追求高雅的
韵味、精美的文辞，而是以曲折变化的情
节、充满世俗情趣的故事取胜。受志怪
传奇的影响，宋人话本中也有怪异题材
之作，但其主流及优秀代表作却是那些
反映社会现实，描写普通市民日常生活的

作品。题材的现实性和日常生活化，是宋人话本的主要特点。即使有奇巧的情节，也是注意取材于民间逸事，是从日用起居中提炼出来的。即使出现鬼魂，也是主人公斗争精神的化身，且仍如普通人一样在继续着对平凡而幸福生活的追求。

（二）生动的市民生活画卷

近代历史上所称的"市民"并非一般意义上的城市居民，而是特指封建社会后期由于城市商业和手工业的发展，出现的一个新的社会阶层。为适应宋代城

市经济繁荣发展的新变化，北宋
天禧三年（1019年），重新建立户
籍制度，第一次将城市居民与乡
村居民分别开来，将城市居民列
为坊廓户，在全国范围内按照城
市（镇市）居民的财产状况将居民
分为十等。坊廓户单独列籍定等，
在户籍制度中获得独立，标志着
我国市民阶层的兴起。宋代市民
即宋代文献中所谓的"市人"，则
由坊廓户中的商人、作坊主、小
贩、工匠、店员、船工、苦力、艺
人、妓女、无业游民等组成。宋代
城市繁荣、商品经济迅速发展，
都城人口达到百万以上，商税也
居全国城市之首，全国政治中心也成了新
的商业中心。于是城市市民随之迅速增
加，发展成为颇具影响力的社会力量，这
些"市井细民"是农民阶级和封建统治阶
级之外的"第三等级"。

宋人话本是为适应市民阶层的文化需要而产生的，以表现市井民众的社会生活、反映他们的思想愿望为主要内容，是市民的文学。从宋人话本中，我们可以真切地看到宋代市民生活的历史画卷。

市民阶层虽是"第三等级"，但与农民阶级一样，都受到封建统治阶级的压迫和剥削，他们与封建统治阶级之间存在尖锐的矛盾，有强烈的反封建意识。特别是生活在繁华闹市的市民们，从小既没有接受过正统的儒学熏陶，也不像农民被束缚在乡野土地上，比较闭塞，他们行商坐贾，结交三教九流，出入秦楼楚馆、茶肆酒店，过着放浪不羁的生活，较少受封建礼教的约束，也特别不甘心忍受封建礼教的束缚，所以反封建要求很强烈，宋人话本鲜明地表现出了这一点。

　　反映妇女的爱情婚姻生活也是宋人话本中最重要的内容之一。在以男性为中心的中国封建社会，妇女处于社会底层，市民阶层中的妇女也是这样，所以在宋人话本中涉及得比较多的是妇女的爱情婚姻问题，既反映了封建势力对她们的迫害，表现她们的痛苦和不幸，也表现出她们的反抗和斗争。而且与过去的文学作品相比，宋人话本小说中的妇女形象表现得更为坚定和勇敢，使作品中的男性形象相形见绌。

　　《碾玉观音》中的璩秀秀就是这样的典型，这是一个为了幸福爱情婚姻生活而勇敢反抗、宁死不屈的妇女形象。她出身贫苦，又被迫"献入"王府当"养娘"，实际上是一个女奴。她

爱上了工匠崔宁，便利用王府失火的机会，主动提出跟崔宁乘乱逃走。崔宁虽也对她"痴心"，但犹豫害怕，不敢跟她逃走。她就以"我叫将起来，教坏了你"相威胁，绝无贵族小姐的扭捏之态，显得大胆坦率，甚至泼辣，毫不掩饰自己火一样的感情。她以这种强烈感情帮助崔宁战胜怯懦，两人双双远逃他乡"做长久夫妻"。可仍然没能逃脱封建统治阶级的化身郡王的魔爪，璩秀秀被抓回来活活打死。但她至死也不忘恋人，做了鬼仍要与之一起生活。然而还是无法生活下去，又被郡王抓回，她便把崔宁一起扯到郡王势力达不到的阴间去，做了一对鬼夫妻。正如篇末诗所言："璩秀秀舍不得生眷属，崔待诏撇不脱鬼冤家。"真是情之所钟，生死以之。在璩秀秀身上，充分表现出新兴市民阶层对幸福爱情婚姻生活的强烈渴望。而且，这一渴望因与人身解放联系在一起，因而表现得更为执着。作为一个市民女子，璩秀秀所追求的人生理想是经济独立、婚姻自主，不依附他人，靠自己辛勤的劳动生活，掌握自己的命运，在追求爱情婚姻自由、人身自由的同时，追求人的价值和人格的独立。从人与人结合，到鬼与人结合，最后到鬼与鬼结合，她在强大的封建恶势力的逼迫下步步后退，但显现出的却是一如继往、至死不渝的顽强精神，是任何恶势力都无法战胜的勇气和决心。她大胆泼辣的行为是基于对爱情婚姻和人身自由的双重追求，具有冲破封建束缚、反抗封建礼教的意义，是新兴市民阶层意识进步的反映，对爱情文学的发展作出了具有历史意义的贡献。

封建婚姻制规定男女婚姻必须经"父母之命，媒妁之言"，不能自己结合。但《闹樊楼多情周胜

仙》中的周胜仙对开酒店的范二郎一见钟情时，便不肯轻易错过，而要思量怎样和他说话。在严酷的封建礼教控制下，她虽然无法同范二郎直接交谈，却巧妙地冲破封建礼教牢笼，迂回作战。她故意借与卖水人争执闹嚷的机会，说道："我是曹门里周大郎的女儿，我的小名叫作胜仙小娘子，年一十八岁。"做了自我介绍，还大胆地补上一句："我是不曾嫁的女孩儿。"范二郎心领神会，如法炮制，进行自我介绍后，她"心里好喜欢"，更大胆地借骂卖水人又加上一句："你敢随我去？"这种富有机智、借题发挥式的爱情表达，其大胆坦率、火热炽烈是显而易见的。后来，她的婚姻受到封建家长的阻碍，她便一气死去。死而复苏后，她马上要去找范二郎。可找到范二郎后，却又不幸被当成鬼打死。她为情而死，死而复活，又误伤于情人之手，但她仍丝毫不悔："奴两遍死去，都只为官人。"鬼魂还特地寻到狱中和范二郎团聚，"了其心愿"。周胜仙对自己选定的爱人，始终不渝地热恋着，坚定执著地追求着，生前相爱、死后缠绵、义无反顾，绝不后悔，为追求爱情婚姻幸福而产生的斗争意志，不但可以挣脱封建礼教的束缚，而且可以冲破生死之隔。在我国古典文学中，以前还未曾产生过如此坚定于爱情的女性形象。

《小夫人金钱赠少年》（又作《志诚张主管》）中的小夫人形象，仍体现出强烈追求幸福生活的特点。小夫人是一个陷入不幸婚姻中的妇女，她因年轻美貌，被高官王宣招纳为小妾，虽"十分宠幸"，实际只是以她为玩物，所以"后来只为一句话破绽些，失了主人之心，情愿白白里把与人"，根本没有把她当人看待。接着她又被媒婆

欺骗，嫁与一个"须眉皓齿"的六十老翁张员外，"心下不乐"，时时"两行泪下"。她被当玩物一样左右易手，被禁锢在一个极有限的生活天地里，她不甘心放弃追求幸福生活的权利，偷偷爱上了年轻的主管张胜。她主动赠金钱、衣物给他，以此表达自己的感情。虽然张胜胆小怕事，在母亲的劝告下处处回避小夫人，但她死后变鬼也要来找他，"只因小夫人生前甚有张胜之心，死后犹然相从"。她的真情实在是感人。在封建势力统治下，她一再被折磨、受欺骗，她强烈渴望摆脱不能主宰自己命运的玩物地位，想过一个普通人的正常生活，这种愿望是完全合理的，她对这种幸福生活的追求也十分勇敢执着。虽然有限的生活圈子使她不得不把希望寄托在一个软弱胆怯的人身上，她的最平凡的人生愿望也无法实现，始终未能品尝到生活的幸福。但是，她却不断追求，并为此付出了生命的代价，表现出一种不屈服于命运的顽强精神。

在据历史故事和民间传说编改的宋人话本中，也有同样勇敢执着的女性形象。《风月瑞仙亭》中的卓文君是主动私奔；《董永遇仙记》中的织女则是主动下嫁。

总之，这些宋人话本小说中出现的

女性形象，不管是下层市民女子，还是曾生活于上层社会的女子，不管是富户小姐，还是天上仙女，都富有追求幸福的勇敢执著精神。像璩秀秀这样的下层妇女形象，纯然是中国文学中以前未曾出现过的新形象，她们的大胆执著令古代文字作品的妇女形象黯然失色，即使是唐传奇中出现的强烈追求爱情幸福的妇女形象也无法与之相比。特别值得注意的是，唐传奇以上流社会为对象，其中出现的女子也多是上层社会女子，即使是下层妓女，也是周旋于上层社会的名妓，身边自有大批追随者。而宋人话本中出现的却多是璩秀秀这样的下层女子，她们虽身份低下，精神上却突破了封建礼教的束缚，她们的思想是坚定的，行为是果敢的，特别是在所爱的男子面前，她们大胆、坦诚、热情。反过来，对于背叛她

们感情的男子，她们也毫不犹豫地予以报复。《王魁》中的桂英虽是一个妓女，地位卑下，但得知当考中状元的王魁背义负心后，便气得捶胸跌足、呕血而死，死后冤魂仍要索命报仇。《杨思温燕山逢故人》中的郑意娘虽已殉死，但得知丈夫不守盟誓、负心他娶时，仍采取了报复行动。如果说唐人传奇常常表现男性对女性的占有和玩弄的话，那么宋人话本小说则常常表现的是女性对男性软弱和负心的批判。这些摆脱了男尊女卑观念束缚的妇女，确实极鲜明地表现了女性形象的胆识与勇气。

宋人话本写妇女的生活，写她们对爱情婚姻幸福的追求，不是孤立的描写，而是放在特定的

社会环境中,通过她们的命运和遭遇,让人看到当时社会的面貌。璩秀秀所追求的是起码的人身自由和个人幸福,她只想能摆脱不被当成人的被奴役地位,与自己心爱的人过自食其力的生活,但却被封建统治势力的代表郡王活活打死,我们从中可以看到社会的黑暗和罪恶。周大郎极力阻止女儿的婚事,周胜仙为此付出了生命的代价,反映出封建门第观念的深重影响。《王魁》反映出一个深刻的新的社会问题,这就是后来许多作品所反映的"痴心女子负心汉"主题。科举制度打破了豪门士族对官场的垄断,庶族寒士也可以通过参加科考跻身官场,这就是所谓"十年寒窗无人问,一举成名天下知"。而这些科

举的幸运儿"一阔脸就变","贵易妻"也就成了一个社会问题,许多处于社会底层的贫穷女子成了牺牲品。桂英就是其中一个,她的悲剧是有典型性的。作者对她充满了同情,最后写到"桂英死报",既表现出宋人话本反映现实的敏锐性,也表现出强烈的现实批判性。

宋人话本小说的另一重要题材是公案,也具有强烈的现实批判性。随着封建社会向后期发展,封建专制统治日益稳固,社会也越来越腐败黑暗,对人民群众的压迫和残害越来越严重。公案类作品的大量出现,正是封建统治阶级草菅人命、制造冤狱的黑暗现实的反映。

《错斩崔宁》通过一个冤案,深刻揭露了封建社会法制的腐败和封建官吏草菅人命的罪恶。小市

民刘贵向岳父借得十五贯钱，回家后对小娘子陈二姐开玩笑说是她的卖身钱，于是陈二姐连夜逃开，想回娘家。当夜，刘贵被杀，银子被抢。陈二姐早起路遇小贩崔宁，结伴同行。人们赶来抓住，崔宁身上刚好带有卖丝得来的十五贯钱，银数的巧合成了罪证。虽然崔宁对银子来源交代得很清楚，但府尹咬定"世间不信有这等巧合事"，既不听申辩，也不去调查，只是严刑逼供，屈打成招。两个无辜的人被糊里糊涂地处斩了。这个案件本身并不复杂，也不难调查清楚，但封建官吏视人命如儿戏、武断专横，随意制造冤案。作者气愤地说：

看官听说：这段公事，果然是小娘子与那崔宁谋财害命的时节，他两人须连夜逃走他方，

怎的又去邻舍人家宿一宵？明早又走到爹娘家去，却被人捉住了？这段冤枉，仔细可以推详出来。谁想问官糊涂，只图了事，不相捶楚之下，何求不得？

明确指明这个简单易断的案子成为冤案是因为"问官糊涂，只图了事"，只知"捶楚"。作品以简单冤案来揭露当时社会的阴暗，反而大大增强了作品的批判力量，充分说明封建官吏昏聩到何等程度，封建官府黑暗到何等程度。作者不由得发出痛切的呼吁：

所以做官的切不可率意断狱，任情用刑，也要求个公平明允。道不得个"死者不可复生，断者不可复续"，可胜叹哉！

在这些糊涂问官的身上，作者不仅

揭露了他们不分青红皂白、武断专横、滥杀无辜的罪恶，而且更窥视到封建官吏视人命如草芥，对人、人性和人权的压制和漠视。因而作品不再局限于对昏官糊涂不明的批判，更发出了争取人权、重视人命的深沉呼声。

《陈可常端阳仙化》中的吴七郡王听了针对可常和尚的诬告，就随意"教人分付临安府"抓了，也不容分辩，将"被告"打得皮开肉绽，郡王想怎么判处就怎么判处，临安府也不敢做主。

在这些公案作品中，除了揭露社会黑暗、官府昏庸专横外，还突出反映了当时社会妇女的悲惨命运。《错斩崔宁》中的陈二姐，听到刘贵的一句"戏言"之所以信以为真，就是因为当时确实存在典当与买卖妇女的野蛮制度。听说丈夫把她卖了十五贯，她的疑虑也

主要在于"不知他卖我与甚色样人家？我须先去爹娘家里说知"，并非不肯相信，更非要有所反抗。唯其如此，更显出这种事情的普遍性，才更反映出妇女社会地位的低下——居然像牲畜一样听任买卖。

社会黑暗、狱冤遍布，生活于苦难中的广大市民群众渴望着减轻苦难，得到拯救，于是在公案话本小说中出现了"清官"的形象。《三现身包龙图断狱》《合同文字记》中的包公，就是一个典型。他"能剖人间暧昧之情，断天下狐疑之狱"救民于水火。而且他还能"日间断人，夜间断鬼"，有超凡的智慧和权力。与以后小说戏曲中出现的"包青天"形象比起来，宋人话本小说中的包公形象还是较为单薄粗疏的，但却为后来流芳百世的包公形象打下了基础。《皂角林大王假形》中的赵知县，也是一个"清官"形象。在市民文化

土壤中孕育、生长起来的"清官"，是社会阶级矛盾激化的产物，是随时可能会遭到飞来横祸，蒙受不白之冤的市民们，为对抗封建统治阶级的无理迫害而制造的偶像。《错斩崔宁》中，小商贩崔宁只是与陈二姐同行即被冤，可见飞来横祸是如何地让人防不胜防。而如果有"清官"包公在，他也许就不会蒙冤被害，屈死刀下。话本小说中的"清官"，即使是历史上确有其人，也不再是历史人物的简单再现，而成为市民理想的寄托，体现出他们要把自己对社会和事件的看法与政治权力结合起来的愿望。市民的这种理想和愿望借《王魁》中的阴间判官的口表达了出来：

阳间势利套子，富贵人只顾把贫贱的

欺凌摆布，不死不休……俺大王心如镜，耳似铁，只论人功过，那管人情面？只论人善恶，那顾人贵贱？

通过幻想表达的这些要求，实质上是要求在法律面前有平等的权利。但这种权利在现实世界中无法得到，于是寄托于"清官"。但"清官"也只是一种幻想。

除幻想"清官"来解救自己外，市民们还希望有人能除暴惩凶，为自己出一口恶气，《宋四公大闹禁魂张》等作品就反映了这一点。这篇话本小说歌颂的是一批侠盗，他们机智大胆，以神出鬼没的本

领、高超出奇的手段，窃富济贫、骚扰官府，"激恼京师"。他们为穷人伸张正义，惩罚贪吝刻薄、为富不仁的财主张富，使他坐牢破产而死。他们还偷走了钱王府的金银、玉带，剪掉了马观察的一半袖子，割去了滕大尹的腰带挞尾，在皇城脚下戏耍官吏，闹得满城风雨。在他们的挑战面前，封建统治者惊慌失措，束手无策。他们专与富豪、权贵、官府作对，他们对权贵富豪的戏弄和惩处，从一个侧面反映出市民群众对封建统治阶级的憎恨情绪，表现了对迫害者的反抗斗争。《万

秀娘仇报山亭儿》中的尹宗也是一个侠盗。他虽是偷儿，但能急人之难，救人之命，并为救他人而牺牲自己的生命。这些作品反映出市民

群众反抗黑暗社会、反抗封建压迫的强烈情绪，与公案作品中的"清官"，一文一武，成为市民反抗精神的寄托。

宋代统治者由于采取"守内虚外"的政策，国力孱弱、外患不已、最后北宋覆灭，南宋半壁江山也朝不保夕，一个民族矛盾尖锐、民族灾难深重的朝代到来了。面向现实的宋人话本也有反映民族矛盾之作，《杨思温燕山逢故人》就是一个代表。北宋沦亡时，入侵的金兵俘虏了徽、钦二帝，也掳掠去大批宫女和平民。这就是历史上著名的"靖康之变"。南宋时期，出现不少抒写亡国之痛和流落异邦之苦的作品，如《靖康孤臣泣血路》《窃愤录》等，但都是为最高统治者唱哀歌的，而这篇话本小说，却展现了民族大灾难中广大人民群众生离死别的悲惨图景。作品写"太平之世，人鬼相分；今日之

世，人鬼相杂"，对金统治者作了高度概括和深刻揭露，通过对流落敌国的杨思温在热闹节日里凄凉心境的表现，抒发了无可奈何的亡国之痛；以郑意娘的一灵不昧，刻画了国破家亡时殉身的鬼魂的难以瞑目；又以韩思厚的违弃盟誓、另求新欢，谴责了不能坚持节操的乱世男女，揭示了"人不如鬼"的严酷现实。压抑的气氛、沉痛的感情，真实地再现了民族大灾难中生活于"人鬼相杂"世道的人民的苦难和沦陷区人民的心理创伤，表现了反对民族压迫的情绪，在话本小说中展现了一个全新的生活领域和感情世界。

宋人话本中还有不少志怪之作，只是为迎合小市民的猎奇心理，并无什么意义。一些据历史和旧著编写的作品，一般说来，思想价值也较弱。只有那些面向社会现实、反映市

民生活的作品，才是宋人话本小说的代
表。

宋人话本小说是宋代市民生活和思
想意识的真实记录，这些有幸流传下来
的作品，广泛反映了当时社会的黑暗和
秩序的混乱。当时的官府贿赂公行，不断
地制造冤狱，滥杀无辜。都城临安，夜有
盗贼谋财害命，城外郊野更有恶贼拦路
抢劫、杀人越货。宋代市民阶层就生活在
这样的社会之中。在沉重的封建势力压
迫下，他们希望能得到"清官"的解救，也
渴求有"侠盗"除暴惩恶，并以浪漫的幻
想，让在现实生活中被迫害至死的有情
人变成鬼——因为唯有如此，他们才能得
到幸福。更为可贵的是，他们为人身解放
和婚姻自主，进行了勇敢而顽强的斗
争，表现了对幸福生活的强烈愿
望和执着追求。他们也艳羡发迹，
幻想有神怪相助，如《董永遇仙
记》中的贫苦农民董永，依靠仙女的

帮助，不仅摆脱了佣工奴役，而且后来还当了兵部尚书，而他与七仙女生的儿子，竟然是汉代大儒董仲舒，这种想象何其大胆、活跃。但是，市民们的生活理想却主要是在世上过独立自主、自食其力的生活，自己掌握自己的命运。不仅璩秀秀、崔宁是这样，就是其中的历史人物（如司马相如和卓文君），也是通过开酒肆来谋生，过着自食其力的劳动生活。

宋人话本小说是市民生活真实生动的历史画卷，充分表现了处于封建势力重压下的新兴市民阶层的思想意识，是真正"为市井细民写心"的。

刚刚从封建社会母体中成长起来的市民阶层，其思想意识带有明显的不成熟特征，且具有复杂性、模糊性，还带有软弱性。他们反对封建礼教的束缚，有冲破封建思想牢笼的强烈愿望，但却由于时代的限制，尚未找到与之对抗的思想

武器。因而，即使他们斗争是勇敢的，但
思想意识却并非很明确，还
带有某种程度的盲
目。如周胜仙，
不可谓不勇敢
坚定，但对那个
见到她的鬼魂就惊慌失措以致误伤她的
男人到底是否真值得她爱，却似乎从没有
认清。也就是说，她只是在追逐爱情，舍
生忘死地狂热追逐爱情，至于这爱情的
内涵、思想意蕴是什么，她却并不了解，
也不想了解，这其中就包含了某种盲目。

他们有自己的生活理想，有过幸福
生活的愿望，也曾为实现这种愿望奋斗
过，但不少人却因惧怕封建压力而显得软
弱，特别是那些男主人公。崔宁不及璩秀
秀坚强，也可能有性格因素，而实质上是
思想境界的差异。而张胜更不能与执著
的小夫人相比，这个对小夫人未必没有
一点爱慕之心的主管，由于畏惧封建势

力，思想上受封建礼教束缚，在小夫人顽强执著的追求面前，显得那么怯懦、软弱。然而，话本小说虽对小夫人的不幸命运充满同情，却仍然要肯定张胜"立心至诚"，以至把小夫人当成祸水，而张胜"不受其祸"。所谓"少年得似张主管，鬼祸人非两不侵"。所以本篇又名《张主管至诚脱奇祸》。话本作者的这种矛盾的处理，充分反映了刚刚从封建社会母体中挣扎出来的早期市民阶层在思想意识上的复杂性、矛盾性、软弱性。即使像《碾玉观音》这样的优秀之作，虽然充分反映了封建统治者对下层劳动者的迫害，但其矛头却主要指向了挑拨是非的郭排军，这实际上为主犯郡王减轻了罪责，勇敢反抗的璩秀秀也只是以惩处郭排军来报冤仇罢了。《错斩崔宁》这种深刻揭露官府专横昏聩、草菅人命

的作品，却又强调"只因戏言酿灾危"，削弱了作品思想的尖锐性。《陈可常端阳仙化》更是把陈可常被迫害致死说成是"前生欠宿债，今生转来还"。

由于他们受封建统治者的迫害，所以渴望有"侠盗"为之出气，但是当他们兴高采烈地赞赏宋四公、赵正戏弄官府、惩处恶人、大闹东京时，又不忘提及他们的破坏性，如写宋四公行窃时杀死无辜妇女，赵正捉弄侯兴杀死亲生儿子等令人切齿的罪行。这种矛盾正是早期市民意识的反映。这篇话本小说所包含的官逼民反的倾向，从某种意义上可以说是

《水浒传》的先声，但其思想价值却不可与《水浒传》同日而语。

至于宋人话本中所反映的因果报应、封建迷信思想等等，并非仅是早期市民意识，而且也不仅仅是市民阶层所具有的思想意识。不过，在这些落后意识中，也包含着在现实生活中遭受苦难和迫害的市民们的愿望："若是世人能辨假，真人不用诉明神。"信奉神明保佑与幻想"清官庇护"，思想认识上具有相通之处。

（三）别具特色的叙文艺术

宋人话本小说是由入话、头回、正话、篇尾等部分组成的，成为话本小说的标志，由此形成了中国古代白话短篇小说的独特体制。

宋代话本小说一般在开头都有"入话"，中间有诗词韵语的穿插，结尾用诗句结束。"说话"人在正式开讲之前，为了使已到场的听众安静下来，并等候后来的听众陆续到场，往往要先串讲一些诗词或讲一个与主体故事（正话）有关的小故事，这就是"入话"，也叫做"头回"。如《错斩崔宁》开篇有诗：

聪明伶俐自天生，懵懂痴呆未必真。

嫉妒每因眉睫浅，戈矛时起笑谈深。

九曲黄河心较险，十重铁甲面堪憎。

时因酒色亡家国，几见诗书误好人。

这首诗讲出了为人的难处，说明举止言行需谨慎。接下来先串讲了一个小故事：一个叫魏鹏举的新科进士，因一句戏言被降职，丢了锦绣前程。恰恰也是因为戏言，《错斩崔宁》中的刘贵丢了

性命。

在讲说过程中，特别是当故事发展到紧要去处，"说话"人又往往要插入一些诗词韵语，或写景、或状物、或发感慨、或作评赞，既可对讲说部分起到加强或烘托的作用，又可以通过吟唱或吟诵的形式调剂听众的情绪。

话本结尾往往采用两句或一首散场诗，用以总括全篇，点明主题，一般具有惩恶劝善或总结教训的意味。如《错斩崔宁》的结尾，有诗为证：

善恶无分总丧躯，只因戏语酿灾危。

劝君出语须诚实，口舌从来是祸基。

所有这些结构形式，都是宋代话本小说的有机组成部分，不但为明清的拟话本小说所继承，而且对以后的中长篇小说也有很大影响。

体制毕竟只是形式，更为根本的是，宋人话本小说是由听觉文学向视觉文学的过渡，仍受"说话"的影响，具有诉诸听觉的艺术特点。这一总特点，规定了话本的叙述方式和方法。

1. 情节结构

宋代说话中的小说家在当时之所以最受欢迎，主要是因为他们可以在比较短、比较集中的时间内讲完一个内容丰富多彩、情节曲折离奇、能够引人入胜的故事。现在看那些写得比较好或比较有特色的宋代话本小说，的确都不同程度地具备了这些艺术特点。因为诉诸听觉，所以要用丰富曲折而又惊心动魄的故事情节吸引人，这正是宋人话本突出的艺术特点，奠定了中国小说故事性强的优良传统。郑振铎先生说："'话本'的结构，往往较'传奇'及笔记为复杂，为更富于近代的短篇小说的气息。"

《碾玉观音》以璩秀秀和崔宁的命运为结构中心，以

郭排军和玉观音这一人一物作为故事情节发展的线索，由两次出走、两次同居、两次被抓捕构成波澜起伏、变幻曲折的情节。郭排军的两次告密，掀起两大波澜。玉观音既引出崔宁，后来又把被发遣到建康的崔宁引回临安，秀秀随之而来，才被识破是鬼魂，观众才知道她已被郡王活活打死，而她成了鬼也要与崔宁团聚。主人公的悲剧命运扣人心弦，跌宕起伏的情节变化，让人在一再惊奇中被牢牢吸住。特别是对秀秀的被打死，父母投河而死，先不写明，到矛盾斗争的最高潮，故事要结束时才一并点明，让人在意料之外中受到强有力的感情冲击。而且，这些故事虽出人意料，却又让人从幻想情节中看到了艺术的真实，看到女主人公性格发展的脉络。至于《闹樊楼多情周胜

仙》以女主人公生而死、死而生，复又死去的过程组成的情节结构，更显得曲折变幻、跌宕起伏、扣人心弦。

作者在设计情节时，还充分运用了巧合的艺术手法，以推动故事的发展，增强情节的波澜。璩秀秀与崔宁远逃数千里外，以为不会被郡王发现，恰巧郭排军奉命给刘两府送钱来偶然发现，由此引出后面一系列的风波，越发显出情节的曲折变化。《错斩崔宁》又名《十五贯戏言成巧祸》，"巧合"在情节的发展中起了重要作用。刘贵与妻子一起去王家给岳父拜寿，得到十五贯银子的馈赠。如果夫妻携钱一起回家，陈二姐（刘贵的妾）便不会出走，门不开，也难以发生偷钱杀人的事。可偏偏王氏留住娘家几日，刘贵独自回家，这是一"巧"；刘贵

径直回家，不喝酒，就不会借酒"戏言"，便没有了后面的情节，他却偏偏小饮而醉，并因醉对陈二姐开了"典身"的玩笑，这是二"巧"；刘贵回家，陈二姐如立即开门，刘贵就不会"戏言"了，正是因为刘贵"怪他开得门迟了"而"戏言"典卖了她，才把她吓跑而使事情生变，这是三"巧"。最大的"巧合"是，陈二姐在回娘家的路上遇到的小贩崔宁也带有十五贯卖丝得来的银子，正好与刘贵被杀时失去的银子数目相符。而且后来刘贵妻王氏被静山大王抢去做了压寨夫人，而他正巧是杀害刘贵的真凶。在一系列"巧合"中，情节曲折地向前发展了，主人公的命运也扣住了人们的心，更主要的，这些偶然的"巧合"还包含着必然性因素。陈二姐之所以听到一句"典身"玩笑话就信以为真，是由她的低下地位和当时典卖妇女的社会现实决定的；十五贯银子的"巧合"之所以会断送两条无辜生命，是由封建官吏的昏聩和专横决定的。

同样运用巧合手法的还有《陈可常端阳仙化》，陈可常不但在自己所作的《菩萨蛮》词中两次出现"赏新荷"，而且就在新荷与人通奸怀孕、不能出来唱曲的这年端午，陈可常恰巧也"心病发了"，不能到王府来。难怪新荷招认与他有奸时，吴七郡王当即大怒："可知道这秃驴词内皆有'赏新荷'之句，他不是害什么心病，是害的相思病！今日他自觉心亏，不敢到我府中。"遂吩咐临安府差人去灵隐寺拿陈可常问罪。后来陈可常被屈打成招、沉冤莫辨，直到新荷与奸夫钱都管闹翻，在郡王面前说出实情，陈可常才得以平反。但此时的陈可常已看破红尘，在灵隐寺坐化。

偶然性的巧妙运用使情节更为曲折生动，引人入胜。巴尔扎克说："偶然是世界上最伟大的小说家，若想文思不竭，只要研究偶然。"宋代话本作家似乎早就懂得了这一点，很善于运用偶然性的"巧合"情节。

宋人话本还非常注意制造悬念，使故事情节扑朔迷离，引人入胜。《三现身包龙图断冤》开头写孙押司卦铺算命，算命先生说他当夜"三更三点子时必死"，不仅孙押司坚决不信，读者（听众）也极难相信，这就造成了悬念。而且，不管当夜如何防止出事，孙押司还是在三更三点跳河了，给人留下了一个更大的悬念。接着写孙押司的鬼魂三次现身，托丫鬟迎儿为他报冤，但还是没有说明他是怎么死的，一直把人的胃口吊住，最后才揭穿真相。原来是孙押司的妻子伙同小孙押司杀害了孙押司，把尸首撺在井中，再把灶

头压在井上。而开头孙押司投河原来是小孙押司捣的鬼:半夜三更小孙押司掩着面走出,把一大块石头扔到河里,扑通一声响,当时只道大孙押司投河死了。小说情节扑朔迷离,待真相大白,读者得到了一种意外所带来的愉悦和美感享受。

富于戏剧性的情节特别容易吸引人,宋人话本小说也注意营造戏剧性场面。最典型的莫过于周胜仙、范二郎借与卖水的人吵闹而自报家门、互通情愫了。那趣味横生的戏剧性场面实在让人拍案叫绝。璩秀秀逼崔宁乘火灾与自己一起逃走的场面也是富于戏剧性的,一个巧妙地不动声色地步步进逼,一个不自觉地陷入"圈套"而进退两难,令人忍俊不禁。《错斩崔宁》也是

在刘贵带酒又恼又戏，陈二姐闻言又惊又疑的戏剧性场面中展开情节的，只不过这"戏言"的轻松逗笑场面令人沉重揪心。富于戏剧性的情节设置，大大提高了话本小说作品的艺术感染力。

总之，以情节的曲折生动取胜是宋人话本小说的一大特色，而且由此而形成了我国古典小说表现手法的民族风格和特点，其影响是深远的。不仅对后代小说的创作发展产生重要影响，而且也影响到我国读者的欣赏习惯，我国读者习惯重视小说的故事情节，从故事情节的发展中去掌握作品，认识人物。

2. 人物形象刻画

宋人话本小说不但重视故事情节结构，优秀的作品也注重在情节发展中

刻画人物，创造了性格鲜明的人物形象。

宋人话本小说中的人物形象生动鲜活，富有个性。像璩秀秀、周胜仙这些著名的人物形象，性格内涵可能没有太多的层次，但她们的大胆、泼辣、热烈，闪烁着野性的光芒，却给人以非常鲜明、非常突出的印象。而且这种性格特点与她们的市民身份、市民生活是相符的。她们没有受过较高的文化教育，受封建思想的熏陶也少，她们不及上层文化妇女感情细腻，但深挚过之；不及其感情丰富，但火热过之。她们更不会扭捏遮掩，只是坦率地呈露自己真实的内心。

宋代话本小说善于在尖锐的矛盾冲突中塑造人物，进行性格刻画。为战胜崔宁的顾忌和犹豫，璩秀秀的性格已迸射出火花；而郡王的残酷迫害，更使她的

性格在反复斗争中闪现光彩，塑造成功。"男女授受不亲"的封建礼教是周胜仙爱情的巨大障碍，而为了克服这一障碍，周胜仙显示了她的大胆、泼辣和机敏。封建家长的严酷阻碍，将周胜仙活活气死，但她的气死以及复活后的继续追求，却打造了她坚定、执著的性格。同时，宋代话本小说还运用心理描写，通过人物的内心冲突刻画性格。前者如《闹樊楼多情周胜仙》中周胜仙初遇范二郎时"心里暗地喜欢"，自思量道："若是我嫁得一个似这般子弟，可知好哩。今日当面错过，再来那里去讨？"又思量道："如何着个道理和他说话，问他曾娶妻也不曾？"后者如《碾玉观音》中的崔宁，面对秀秀的步步进逼，他犹豫畏惧，但对秀秀也存着"痴心"；《小夫

人金钱赠少年》中的张胜，面对小夫人无言但执著的追求，他退缩，但并非没有对爱的渴求，否则也不会收留小夫人在家（在不知是鬼的前提下）。但是，当感情与封建礼制发生了矛盾，他们内心就畏惧、犹豫了，通过这内心矛盾的表现正好刻画出他们的性格特征。而且，即使是《风月瑞仙亭》这样的改编之作，也毫不吝啬笔墨通过内心冲突刻画人物。当卓文君与司马相如私奔后，卓王孙怒气冲天又无可奈何，既想"讼之于官"，又"争奈家丑不可外扬"，恨而置女儿的死活于不顾。但当得知司马相如被汉武帝征召时，又赞"女儿有先见之明"，不过他内心仍充满矛盾：

我女婿不得官，我先带侍女春儿同往成都去望，乃是父子之情，无人笑我。若是他得了官时去看他，交人道我趋时捧势。

通过前后矛盾的对比，暴露出卓王孙丑恶的灵魂，这里的矛盾心理，更是把

他的虚伪性格表现得淋漓尽致。

宋代话本小说还特别注重在具体的行动中来表现人物的精神风貌和性格特点。这使人物的刻画与情节的发展紧密联系起来。通过璩秀秀的逃而捉、捉而逃，变成鬼也要与崔宁结合的一系列行动，展开了对她的性格刻画。尤其是秀秀同崔宁一同从郡王府出来时的描写，把她的性格刻画得越来越鲜明。当时"秀秀手中提着一帕子金珠富贵，从左廊下出来，撞见崔宁，便道：'崔大夫！我出来得迟了，府中养娘，各自四散，管顾不得，你如今没奈何，只得将我去躲躲则个。'"秀秀趁着王府失火的机会，收拾了一包金银绸缎准备逃离王府，不期撞上了崔宁，她便抓住这个时机，主动而大胆地向崔宁展开追求。两人一路走过去，她又说脚疼走不得路，有意识地向崔宁撒娇表示亲近。等到坐在崔宁家里，她又

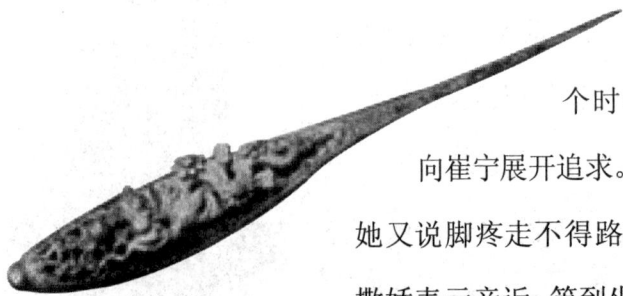

说:"我肚里饥,崔大夫与我买些点心来吃。我受了些惊,得杯酒吃更好。"这简直有点像以主妇的身份指挥崔宁了。描写极为自然,朴素平易,璩秀秀的要求似乎都是未经考虑、临时引起的。但实际上,她都是早有准备、深思熟虑的,她一步紧似一步地逼向既定的目标,每一步行动都表现了她大胆、主动的性格,表现了她追求幸福生活的热情,在表面的漫不经心中带着几分女性的狡黠。最后,她见崔宁仍无动于衷,便借酒提起郡王昔日无意的随口许诺。见崔宁还是唯唯诺诺,不敢应接,她便挑穿话头,直接提出要与他"先做了夫妻"。崔宁还说"岂敢",她便以"我叫将起来,教坏了你"相威胁,胆小怕事的崔宁只好屈从。以上情节通过秀秀步步进逼的行动和简单明了的几句话,把秀秀热烈、大胆、泼辣、执著追求爱情和人身自由的性格鲜明地突现了出来。

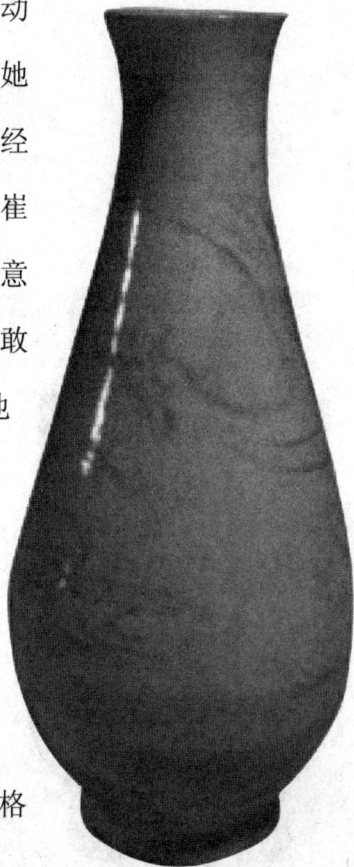

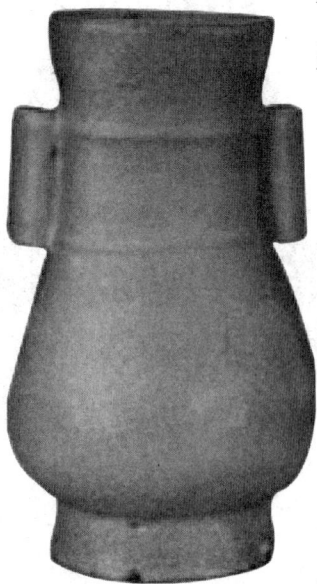

同时，宋人话本小说还注意通过人物的生活环境和个人经历，刻画人物形象的不同性格特征。璩秀秀、周胜仙、小夫人都是被压迫的妇女，同封建统治者和封建礼教存在矛盾，都曾勇敢地追求爱情婚姻幸福，并为此牺牲了生命。但她们的性格并不相同。小夫人虽是小妾，可以因"一句话破绽些"便被抛弃，可她毕竟曾被娇宠于贵家大族，所以她在追求爱情幸福时，就不及璩秀秀、周胜仙勇敢大胆，而且，她在追求爱情幸福时，还乞灵于金钱财物，不像璩秀秀、周胜仙主要靠感情的坚执去争取。璩秀秀是"养娘"，实际上只是个女奴，受尽压迫，对她来说，追求爱情婚姻的幸福是与争取人身自由连在一起的，所以她比周胜仙这个商人的女儿更加老练精细。她们都是大胆泼辣的，但璩秀秀面临的是重大的人生抉择，她深思熟虑，做好准备，步步逼向目标，表面上不动声色，实际颇有心计。她的大胆袒露真心，她的泼辣威胁，都是为追求终生幸福所作的孤注一掷的斗争，不达目的绝不罢休。周胜仙的大胆泼辣，是一见钟情的少女的热情的冲动，她的机巧也只是在"眉头一纵"中产生。所以璩秀秀的每一次行动都显得那么胸有成竹，从容不迫，而周胜仙则是走一步算一步，而且缺乏应变能力。走出朱真家后，她"不认得路"；找到范二郎，被怀疑是鬼，只能被动挨打。她毕竟只是在父母的羽翼下长大的小鸟，比在生活的磨炼中长大的璩秀秀幼稚得多。

应该承认，宋人话本小说中使人印象深刻的人物形象并不太多，具有典型性的则更少。这既与话本小说的作者文化水平不高有关，也与话本小说受"说话"影响，过于重视故事情

节的弊病有关，有些篇目中的人物简直是湮没到曲折情节中去了。即使像《宋四公大闹禁魂张》这样较有影响的作品，也同样存在这个问题。这是宋人话本小说显得较粗疏的主要表现之一。但是，宋人话本小说的人物描写所取得的现实主义成就是值得称道的，其描写的真实生动、人物形象的浮雕式的清晰，都达到了中国小说史上的新高度。

3. 语言特色

宋人话本小说作为"说话"的底本，是通过说话人的口头讲述而与听众直接交流的。这样诉诸听觉的直接结果，是它只能使用通俗的白话，而不再使用艰深的文言。宋人话本小说是最早的纯粹的白话小说，"是中国文学史上第一次用白话来描叙社会的日常生活"。到了宋人话本小说，真正的白话小说才算是出现了，这是凡读过宋人话本小说的人都可感受到的。如

《错斩崔宁》中的这段文字：

　　却说刘官人驮了钱，一步一步捱到家中。敲门已是点灯时分。小娘子二姐独自在家，没一些事做，守得天黑，闭了门，在灯下打瞌睡。刘官人打门，他那里便听见？敲了半晌，方才知觉。答应一声"来了！"起身开了门。刘官人进去，到了房中，二姐替刘官人接了钱，放在桌上，便问："官人何处那移这项钱来，却是甚用？"那刘官人一来有了几分酒，二来怪他开得门迟了，且戏言吓他一吓，便道："说出来，又恐你见怪；不说时，又须通你得知。只是我一时无奈，没计可施，只得把你典与一个客人，又因舍不得你，只典你十五贯钱。若是我有些好处，加利赎你回来；若是照前这般不顺溜，只索罢了！"那小娘子听了，欲待不信，又见十五贯钱堆在面前；欲待信来，他平白与我没半句言语，大娘子又过得好，怎么便下得这等狠

心辣手? 狐疑不决, 只得再问道: "虽然如此, 也须通知我爹娘一声。" 刘官人道: "若是通知你爹娘, 此事断然不成。你明日且到了人家, 我慢慢央人与你爹娘说通, 他也须怪我不得。" 小娘子又问: "官人今日在何处吃酒来? " 刘官人道: "便是把你典与人, 写了文书, 吃他的酒才来的。" 小娘子又问: "大姐姐如何不来? " 刘官人道: "他因不忍见你分离, 待得你明日出了门才来, 这也是我没计奈何, 一言为定。" 说吧, 暗地忍不住笑。不脱衣裳, 睡在床上, 不觉睡去了。那小娘子好生摆脱不下: "不知他卖我与甚色样人家? 我须先去爹娘家里说知。就是他明日有人来要我, 寻到我家, 也须有个下落。"

这是何等成熟优美的白话文! 生动的叙述, 复杂矛盾心理的描绘, 都称得上是细致入微。前引描写璩秀秀逼崔宁一起逃走的话, 其朴实流畅、生动细致也是令人赞叹的, 而且是声口毕肖、极富个性色彩。

又如《宋四公大闹禁魂张》中写张员外的四大愿：

一愿衣裳不破，二愿吃食不消，三愿拾得物事，四愿夜梦鬼交。

虽然夸张得可笑，但却非常准确简练地刻画出一个吝啬刻薄的富翁的嘴脸。

宋代话本小说的语言以市民大众的口语为基础，经过说话人和加工者的提炼，一般具有通俗、生动、朴素的特点，而且生活气息浓厚，很富有表现力。

如《一窟鬼癞道人除怪》中王婆向吴洪说媒的一段：

（吴教授）当日正在学堂里教书，只听得青布帘儿上铃声响，走将一个人入来。吴教授看那入来的人，不是别人，却是半年前搬去的邻舍

王婆。元来那婆子是个撮合山，专靠做媒为生。吴教授相揖罢，道："多时不见，而今婆婆在那里住？"婆子道："只道教授忘了老媳妇，如今老媳妇在钱塘门里沿城住。"教授问："婆婆高寿？"婆子道："老媳妇犬马之年七十有五，教授青春多少？"教授道："小子二十有二。"婆子道："教授方才二十有二，却像三十以上人。想教授每日价费多少心神！据老媳妇愚见，也少不得一个小娘子相伴。"教授道："我这里也几次问人来，却没这般头脑。"婆子道："这个'不是冤家不聚会'。好教官人得知，却有一头好亲在这里。一千贯钱房卧，带一个从嫁，又好人材；却有一床乐器都会；又写

得，算得，又是大官府第出身，只要嫁个读书官人。教授却是要也不？"教授听得说罢，喜从天降，笑逐颜开，道："若还真个有这人时，可知好哩！只是这个小娘子如今在那里？"

这里刻画出了一个能说会道、善于迎逢周旋的市井媒婆的形象。她专程来给吴洪说媒，但并不开门见山，而是先拉闲话、见机行事。当吴洪讲到自己才二十二岁的时候，她先是同情和逢迎："教授方才二十有二，却像三十以上的人。想教授每日价费多少心神！"接着就是试探："据老媳妇愚见，也少不得一个小娘子相伴。"当探得吴洪很想成家时，她即把她那"一头好亲"抛了出来。她的

语言是生动的市井语言,而且富有个性。像老媳妇长、老媳妇短、"不是冤家不聚会"这些话从她嘴里说出来,都非常符合她的身份,非常个性化。吴洪的话虽然不多,但也都很符合身份,富有个性,特别是后来听了王婆的夸张介绍之后,他"喜从天降,笑逐颜开",并急切问道:"只是这个小娘子如今在那里?"把他迫不及待地想找老婆的情态活脱脱地呈现在读者面前。两个人的音容笑貌、神情变化都写得惟妙惟肖,真是如见其人,如闻其声。

至于《小夫人金钱赠少年》中的媒婆,则是为了金银不惜慌骗害人,但她们的话却说得十分俏皮:

张媒在路上与李媒商议道:"若说得这头亲事成,也有百十贯钱撰,只是员外说的话太不着人!有那三件事的,他不去嫁个年少郎君，却肯随你这老头子？偏你这几根白胡须是沙糖拌的？”

从生动的口语、有趣的比喻中，可以听出鄙夷嘲笑之意。但这丝毫不影响她们帮张员外把小夫人骗到手。

宋代话本小说还经常运用俗语、谚语和比喻，以增强语言的表现力，使读者对其描写的事件和人物形象深刻而鲜明。如《宋四公大闹禁魂张》中对“禁魂张”张富的描写：

这富家姓张名富，家住东京开封府，积祖开质库，有名唤作张员外。

这员外有件毛病：要去那虱子背上抽筋，鹭鸶腿上割股，古佛脸上剥金，黑豆皮上刮漆。痰唾留着点灯，捋松将来炒菜。……他还地上拾得一文钱，把来磨做镜儿，捍做磬（磬）儿，掐做锯

儿，叫声"我儿"，做个嘴儿，放入篋儿。人见他一文不使，起他一个异名，唤做"禁魂张员外"。

三言两语，将一个爱财如命的吝啬鬼的形象刻画得入木三分。

纯熟通俗的语言，流畅生动的叙述，大量民间口语、谚语的运用，标志着白话小说的成熟。不过，以泼辣俚俗为特色的宋人话本小说的语言也并非都提炼得很精粹，也时也有含糊、粗疏的毛病。但总的来看，中国小说从文言到白话的伟大转变，到宋人话本小说就已经完成了。而通俗、生动、朴素的语言风格，不但为明清的拟话本小说所继承、发展，而且为明清的章回小说所吸收、发展，并成为我国古代白话小说语言运用上的主要特色。

总之，从宋人话本小说的思想和艺术，可以看出它确实是市民的文学，体现

了市民阶层的审美心理和审美需要，反映
了市民阶层的生活和意识，从宋人话本
小说开始，具有中国特色的市民文学终
于真正出现了。

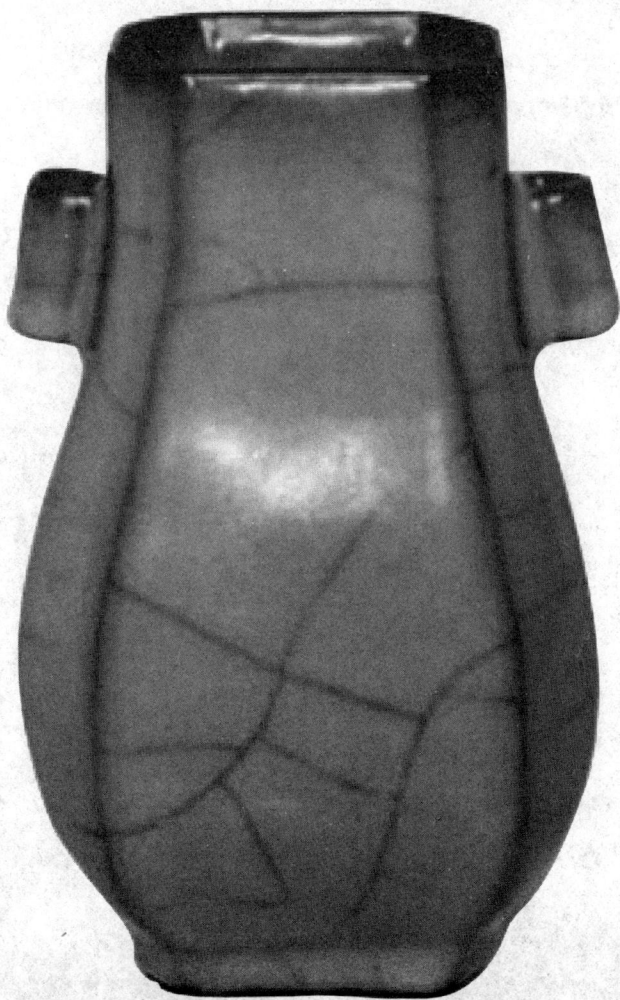

四、对后世文学的影响

宋代话本小说在小说史上占有重要地位。它继承和发展了前代说唱文学的成果，确立了白话小说这样一种崭新的文体，形成了人民群众喜闻乐见的民族形式和风格，从而为后代通俗小说的繁荣打下了良好的基础。

宋代话本对后世文学的影响极其深远。宋代话本开辟了文学家同民间文学相结合的创作道路，既提高了民间文学

的艺术品位，又使大批仕途无门的知识
分子找到了表现自己文学才能的创作空
间，促进了叙事文学供求关系的平衡发
展。大量民间艺术形式由于众多文人的
参与而走上综合的发展道路，给作为综
合艺术主要形式的戏剧提供了发展成熟
的综合条件，终于促使戏剧艺术在元代
一统天下。元杂剧作家群体的文人化，也
正是话本创作文人化的发展与壮大，这
种发展的结果，使文学创作真正成为一
项独立于社会的文化事业，促进了文学艺

术的空前繁荣。

宋代话本小说在语言运用、故事结构、人物刻画等方面，比唐传奇前进了一大步，表现了古典小说现实主义创作方法的逐步成熟。说话人为了吸引听众，特别讲求故事的曲折生动，善于通过人物情态和心理的细节刻画来表现人物，运用富有戏剧性的对话和冲突来展示人物个性。这些成熟的艺术手法，为后代作家独立的小说创作提供了种种技巧，既满足了叙事文学生产的技术性需求，又满足了小说美学评论活动的功能取向。

宋代话本小说尤其是讲史话本的繁荣，为元代戏剧和明代长篇小说准备了大量的创作题材。元代众多的历史剧目，明代所有的长篇历史小说，无一不是从宋代话本汲取内容、扩大创作成果的。

宋代话本小说中的短篇小说作品，一直影响到元、明、清及近现代的短篇小说创作。明代盛极一时的"拟话本"，从内容到形式都直接继承了宋代话本小说，通过冯梦龙等人的广泛搜集和精心整理、创造，以丰富的内容和精湛的技巧，

显示了通俗短篇小说的辉煌。现当代众多中长篇小说中，依然有许多采用章回体的形式，这充分说明了话本体制结构所造就的民族风格,具有永久的艺术魅力。